目次

寝ていた女

1

俺《おれ》がアルバイトを始めたきっかけは、片岡《かたおか》のスケベ心だった。片岡は、俺と一緒に今の会社に入った同期生だ。ただし職場は違っていて、俺は資材部、奴は経理部である。

俺たちの会社というのは、家電製品のメーカーだ。といっても、その社名を知っている人はほとんどいないだろう。うちで作った製品に、うちの社の名前がつけられるということはめったにないからである。某一流企業の下請けというのが実態なのだ。わが社の名前がつけられた製品が消費者の目にとまるとすれば、それはまず間違いなく、秋葉《あきは》原《ばら》などの安売り店においてであろう。

俺が所属している資材部は、製造部や技術部の依頼を受けて、材料だとか設備だとかを業者に発注する部署だった。金を扱うという単純な理由から、経理部の隣りに置かれている。それで片岡とも親しくなったのだった。

その片岡が、「頼みがあるんだけどなあ」といって俺の机の前までやってきたのは、三月十日のことだった。こいつが卑屈な態度を見せるときは要注意なのだ。

機械油の注文書を作っていた俺は、ちらりと顔を上げただけで、すぐに仕事を続けた。

「金ならないぞ。車のローンが終わるまでは、慢性金欠病なんでね」

片岡は、どこからか椅子《いす》を持ってきて、机の前に腰を落ち着けた。

「大丈夫だ。おまえに金のことを頼むほどボケちゃいない」そういった後、あたりを見回してから顔を近づけてきた。「部屋を貸してほしいんだ」

「部屋？　誰《だれ》の？」

「もちろんおまえのだ」片岡は俺の胸のあたりを指さした。

「俺の部屋を？　何のために？」

ここでまた奴は周囲に目を走らせた。

「ホワイト・デーのためさ」

「ホワイト・デー？」

「知らねえのか？　バレンタインデーのお返しの日で――」

「それぐらいは知ってるよ。その日がどうしたんだ」

「その日にデートする予定をたてているんだ」

「ふうん、それはよかったな」

くそ面白《おもしろ》くないという顔を俺は作った。片岡は自称プレイボーイで、学生時代に百人の女を斬《き》ったとかいっている。どうせホラ話だろうが、ちょっと見が二枚目風なのは事実である。

「おい、ちょっと待て。もしかしたら、俺の部屋に女の子を連れ込もうっていうんじゃないだろうな」俺は仕事の手を止めて、片岡を睨《にら》みつけた。

「いや、じつはそうなんだ」奴は愛想笑《あいそわら》いをした。

「冗談じゃない。なぜ俺がおまえの性欲のために、部屋を提供しなきゃならないんだ」

「そういうなよ。助けると思ってさ」

「ホテルを使えばいいじゃないか。レストランで食事して、プレゼントを贈って、シティホテルでセックスする。それがクリスマスとかホワイト・デーだとかの過ごし方なんだろ。俺には縁がないけど」

するとと片岡は腕組みをし、俺のほうに身を乗り出した。

「それはバブル景気時代の話だ。今、そんなことをやってる男はいないぜ。残業はない、ボーナスもあわや現物支給ってご時世に、ティファニーでプレゼント買って、イタメシ食って、ホテルオークラのスイートに泊まるなんてことができるわけないじゃねえか」

「ずいぶん具体的だな」

指摘すると、片岡は咳払《せきばら》いをした。

「……とにかくそんな時代じゃないんだよ。それにだ。相手によって、ホテルなんかを使わないほうがいい場合もあるんだ」

「相手によって？」

「うん。たとえば、おくてっていうかウブっていうか、とにかく男との付き合いに慣れてない子を初めて口説《くど》くときなんかはな」

「そういえば、今おまえが付き合っている相手というのは、うちの広江《ひろえ》ちゃんだったな」

俺が訊《き》くと、片岡はにやりと唇の端を曲げた。

「まあな。俺は処女だと睨んでいる」

「ううむ」俺は、つい唸《うな》った。

広江ちゃんというのは葉山《はやま》広江といって、俺と同じ資材部にいる女の子だ。若手女子社員のなかでも五本の指に入る美人である。俺も目をつけてはいたのだが、お嬢様的雰囲気がバリヤーのように全身を包んでいるので、どうも近づけないでいたのだ。

「なぜ相手がウブだと、ホテルを使わないほうがいいんだ」と俺は訊いた。

「そういう女の子の場合、ホテルと聞くだけで身体《からだ》を硬くするおそれがあるんだよ。ホテルという言葉の後ろに、セックスという言葉が、ちらちらと見え隠れするからかもしれないな」

　見え隠れというより、丸見えじゃないかと俺は思った。

「やっぱり、それなりのムードになって、自然になんとなくっていうのがいいらしいんだ」と片岡は続けた。

「そんなものかね」

「そういうわけでだ」片岡は俺の肩に手を置いた。「今度のホワイト・デーには、ホテルとかじゃなくて、もっとリラックスできる部屋が必要なんだよ。それで、こうしておまえに頼んでいるというわけだ」

「自分の部屋を使えばいいじゃないか」

「おいおい、忘れたのか。俺は親と同居なんだぜ。部屋に女の子を連れ込むわけにいかないだろう」

「そういえばそうだったたな」

「なあ頼むよ。もちろん、ただとはいわないぜ。三千円、いや五千円だそうじゃないか」

「五千円か……」

　自分のベッドがエッチに使われるというのは少し抵抗があったが、友達の頼みだし、なにより五千円は大金だった。懐《ふところ》が寂しいのは、俺だって同じなのだ。

「しかたがない。まあいいだろう」

俺の言葉を聞くと、片岡は相好《そうごう》を崩し、俺の手を握った。

「恩に着るよ。やっぱりおまえは友達だ」

「ただし」と俺はいった。「シーツを汚すなよ」

「わかっている。気をつけるよ」そういって片岡は、にやにや笑った。

三月十四日のホワイト・デー当日、俺は会社で片岡にマンションの合鍵《あいかぎ》を渡した。

「一応、部屋の掃除はしておいてやったぞ」

「ありがたい。その点はちょっと心配だったんだ」鍵と引き換えに、片岡は五千円札を財布から出した。「表札はどうした？」

「外しておいた。郵便はこないと思うけど、気をつけてくれ。それから、遅くとも朝の七時には出ていってくれよ。俺だって会社に行く支度《したく》があるんだからな」

「わかってる、わかってる。ええと、それから……」片岡は声を落とした。「あれはどこにある？」

「あれ？」

「あれだ。頼んでおいたじゃないか」奴は人差し指と親指で輪を作った。

「ああ、あれか」俺は頷《うなず》いた。「テレビの横の、オーディオ・ラックの中にある。新品だから、いくつ使ったかは、すぐにわかるからな。一個五百円にしといてやる」

「わかった」

片岡は俺から離れると、さも仕事の話をしていたのだという顔をして、自分の席に戻っていった。

奴と入れ違いに、葉山広江が俺のところへやってきた。

「カワシマさん、製造部からメールが届いてました」そういって机の上に封筒を置いた。彼女は本来の仕事以外に、簡単な雑用もしてくれるので、とても助かっている。ほかの部署の女子社員が、男女雇用機会均等法を盾《たて》に、絶対に雑用なんかはやらんぞという顔をしているのとは対照的だ。

「どうもありがとう」

礼をいうと、「いいえ」といってにっこり微笑《ほほえ》んでくれた。右の八重歯が、ちょっと覗《のぞ》くのが愛敬《あいきょう》があっていい。こんなにかわいい子が、あの片岡なんかにモノにされると思うと悔しかったが、その情景を想像すると興奮してしまうのも事実だった。

その夜、俺は車をファミリーレストランの駐車場に止め、その中で眠ることにした。

俺の車はワゴンで、後部シートは常にフルフラットにしてある。毛布も常備しているので、なんとか寒さを凌《しの》ぐことはできるのだ。本当は一人旅をするためにこういう車を購入したのだが、その目的はいっこうに果たせず、こんなことに使っているのは、じつに情けなかった。

翌朝七時になると、俺は部屋に戻ってみた。外気とは正反対に、中の空気はまだ生暖かく、なんとなく湿《しめ》った感じもあった。ここを出る前に、もう一ラウンドしたのだなと俺は推測した。

オーディオ・ラックの中を調べてみると、コンドームが二つ減っており、小さく折《お》り畳《たた》んだ千円札が代わりに入っていた。そしてゴミ箱の中は、丸めたティッシュでいっぱいだった。俺は葉山広江の顔を思い浮かべ、なんとなく切《せつ》なくなったのだった。

2

あの夜以後、片岡は何度か部屋を貸してくれと頼みに来た。

「たまにはホテルを使ったらどうだ」

俺がいうと、奴は大げさに顔をしかめた。

「わかってねえな。女ってのは、贅沢《ぜいたく》な生き物なんだぜ。一度でもシティホテルなんかに連れていったら、それが当然だと思っちまう。いいんだよ、おまえの部屋で充分だ。広江だって満足してるしな」

「彼女には誰の部屋だと説明しているんだ？」

「俺の部屋だといってあるよ。セカンドハウスみたいなものだってな。だから俺が不意の残業で遅くなるときなんか、彼女に鍵を渡して、先に部屋に入っておいてもらうこともあるんだ。でも心配しないでくれ。勝手に部屋のものをいじらないよう、いってあるから」

「当たり前だ」そういいながらも俺は鍵と引き換えに、五千円札を受け取った。

それから何日かして、違う奴が部屋を貸せといってきた。購買部の本田《ほんだ》だった。片岡から聞いたのだという。今度はその二日後に総務部の中山《なかやま》がやってきた。やはり情報源は片岡だった。

「金が入るんだからいいじゃないか。そのうちにジャック・レモンみたいに、いいことだってあるかもしれないぜ」

トイレで一緒になったとき、片岡はけろりとした顔でいった。

「ジャック・レモン？」

「『アパートの鍵貸《かぎか》します』っていう映画の話さ、この映画の中でジャック・レモンは、自分の部屋を会社の上司に貸すのさ。愛人との情事用にな。しかもその上司っていうのは一人じゃないんだぜ。複数の人間が、レモンの部屋の鍵を借りるために予約しているんだ。水曜日は部長、木曜日は課長っていう具合にさ。おかげで彼は会社ではたいした仕事もしていないのに、どんどん出世していくってわけ」

「おまえたちはヒラの新入社員じゃねえか」

「今はヒラだけどさ、おまえが恩を売った相手のなかに、出世する奴が出てくるかもしれないぜ」

「本当に出てくれりゃあいいけどな」

俺は便器の前で下半身を上下に振りながらいった。

部屋貸しを始めて三カ月ぐらい経《た》ったある日、俺は例によってファミリーレストランの駐車場で朝を迎えた。昨夜の利用客は片岡だ。その前は本田で、さらにその前が中山だった。商売繁盛である。おかげでこの三晩、俺は自分のベッドで寝ていなかった。

眠い目をこすりながら車を運転してアパートに戻ると、自分の部屋のドアを開けた。

部屋の中は、これまた例によって生暖かい。朝からご苦労なもんだと思ったが、すぐにエアコンがつけっぱなしなのだと気づいた。

「片岡め、電気代を請求しなきゃな」

そういったとき、ベッドの上で何かが動いた。ぎくりとしてそちらを見て、さらにびっくりした。知らない女が寝ていたのだ。

俺は一瞬部屋を間違えたのかと思い、きょろきょろと周囲を見回した。このところ自分で使っていないので、自分の部屋だという意識があまりない。しかしもし部屋が違っているのなら鍵をあけられないはずだ。

どうやら片岡が、女をそのままにして出ていったらしい。あいつ、葉山広江以外にも付き合っている女がいたのか。

俺はベッドに近づき、寝ている女の肩を揺すった。

「おい君、起きてくれ。時間オーバーだぜ」

まさか死んでるんじゃ、という考えが一瞬脳裏《のうり》をかすめたが、女の身体は体温を保っていた。そして何度も揺すっているうちに、薄く目を開いた。

女は、ぱちぱちと瞬《まばた》きしてから、はね起きた。

「あんた誰っ」

毛布を胸元まで引き上げ、害虫に向けるような目で俺を睨んだ。どことなく若いころのシャーリー・マクレーンに似ている。

「俺はこの部屋の持ち主だ」と俺はいった。

「この部屋の？」女は室内を見渡した。

「嘘《うそ》じゃないぜ。その証拠に、こうして鍵だって持っている」俺は自分の鍵を、彼女の前で、ちゃらちゃらさせた。「小遣い稼ぎに、友達に部屋を貸しているだけさ。夜の十時から六時までという約束でね。で、現在の時刻が――」俺は腕時計を見て目を剝《む》いた。「いかん、急がないと遅刻だ。とにかく時間を過ぎてるから、出ていってくれ。超過料金は片岡に請求しておくから」

「片岡？　誰、それ」女は眉《まゆ》をひそめて訊いた。

「片岡だよ。昨夜、君をここへ連れてきた男だ。奴と一緒だったんだろ？」

「あたし、そんな人知らないけど」

「知らない？　そんなはずはないだろ」

「だって知らないんだもん」女は唇をとがらせた。

「じゃあ誰と一緒だったんだ。誰にここまで連れてこられたんだ」

「誰にって……」彼女はしばらく考えてから、きょとんとした顔でこちらを見た。「誰にだろ？」

俺は頭が痛くなってきた。

「どうしてそれを君が知らないんだ？　それとも一人で来たっていうのかい」

「えーと、そうじゃなくて……」女は顎《あご》に手をあてて首を傾《かし》げた。「誰かに連れてこられたんだ」

「それはわかってる。その誰かってのは誰だと訊いているんだ」

「それがねえ、酔っ払ってたから、よく覚えてないんだ。どっかで飲んでて、声かけられたことはなんとなく記憶にあるんだけど。えーと、どんな男だったかなあ」

女はショートカットの髪に指を突っ込んで、ぽりぽり掻《か》いてから、ふと思いついたように俺のほうを見た。「あんただったような気もする」

俺は思わずのけぞった。

「馬鹿なことをいうなよ。俺のはずないじゃないか。俺は一晩じゅう、車の中にいたんだぜ」

「でも、ここはあんたの部屋なんでしょ」

「そうだけど」

「だったら、あんたがあたしを連れ込んだってことじゃないの？」

「だから俺は部屋を貸してて……」

説明するのが面倒になって、今度は俺が頭を掻きむしった。「まあいいや。君の相手が誰であっても、俺には関係ないんだ。とにかくここを出ていってくれ」

するとは大きな目をくるくると動かし、毛布の中でなにやらごそごそと片手を動かしはじめた。そして、「あっ」といった。

「どうした？」と俺は訊いた。

彼女はゆっくりとこちらを見た。

「やばーい……」

「どうしたっていうんだ」俺は近づこうとした。

「こっちへ来ないでっ」女は鋭くいった。

「なんだよ、いったい。何がどうなったんだ？」

女は少しの間黙りこんでいたが、顔を上げると、ぼそりといった。

「出ていくわけにはいかなくなっちゃった」

「なんでだよ」

「ゆうべ、あれをつけなかったみたい」

「あれ？」

いってからピンときた。俺はオーディオ・ラックの中のコンドームの数を調べた。昨日から減ってはいなかった。俺は女に訊いた。

「シーツは汚れていないだろうな」

女は、そっと毛布を持ち上げた。

「大丈夫みたい」

「そうか。助かった」俺はとりあえず安堵《あんど》した。「で、どうして出ていくわけにいかないんだ」

「だって」女はちょっともじもじしてからいった。「昨日って、ばっちり危ない日なんだもん」

「危ない日？　ああ……なるほど」俺は目の下を人差し指で掻いた。「それはどうもご愁傷《しゅうしょう》さま。だけどそれがどうしたっていうんだ。俺とは関係のないことだぜ」

「このまま帰ったら、相手がわかんないじゃない。もし妊娠してたら、誰に文句いいに行ったらいいのよ」

「そんなこと知らないよ。君がゆうべ誰とセックスしたかなんて、俺にわかるはずないじゃないか」

「でもあんたの友達のなかの誰かでしょ」

「だろうな。たぶん片岡って奴だと思うけど、断言はできない」

「だったら調べてよ。それがわかるまで出ていかない」女はベッドの上に座ったまま、ぎゅっと毛布にしがみついた。

　俺はなんだか腹までちくちくと痛みだした。

「どうして俺が君のセックスの相手を調べなきゃならないんだ」

「だってあんたにしか頼めないんだもの。どうしてもいやだっていうなら、ここで大きな声を出しちゃう。そうして、あんたに連れ込まれたって叫んでやるから」

「冗談じゃない。そんなことをされたら、ここを追い出される」

「だったらいうとおりにしてよ」

　俺は両手を腰にあて、女を見下ろしてため息をついた。

「そもそも君が悪いんだぜ。知らない相手に、のこのこついていくなんてさ」

「だってしかたないじゃない。酔っ払ってたんだもの。あたしって、酔うと頭の中が空《から》っぽになっちゃうんだよね」女は、へらへらと笑った。

　酔わなくたってそうじゃないのか、という言葉を俺は飲み込んだ。

「歩み寄ろう。俺はなんとかして、昨夜の君の相手を見つけだす。見つかったらすぐに連絡するから、君は自分の部屋で待っていてくれ」

「やだ。そんなふうにいってごまかす気なんだろ。あたし、出ていかないからね」女は毛布の中にもぐりこんでしまった。

俺は呻《うめ》いた。説得を続けたかったが、ぐずぐずしていると本当に会社に遅れてしまう。

とりあえず、身支度を始めた。このところまともに着替えていないので、靴下が嫌《いや》になるほど臭《にお》っている。クローゼットから替えを出し、古い靴下はゴミ箱に投げ入れた。さらにネクタイを締めていると、女が顔を出した。

「会社に行くの」

「そうだよ」

「どこの会社？」

俺は会社名をいった。

「聞いたことない」女は呟《つぶや》いた。

「悪かったな」

「そのネクタイ、全然似合わないよ」

「うるせえな」俺は怒鳴《どな》った。「今日のところはここにいていいけど、相手の男が見つかったら必ず出ていってくれ。それから、絶対にほかの部屋の奴に気づかれるなよ」

「冷蔵庫の中のもの、食べていい？」

「勝手に食ってろ。ああ、そうだ、君の名前は？」

「りえ子《こ》」

「名字《みようじ》は？」

「宮沢《みやざわ》」

「宮沢りえ子……ふざけるなっ」

「だって本当なんだもーん」

「うそじゃないな」

「ほんと、ほんと」女は、機械仕掛けみたいに首を縦に動かした。

「まったく、どうしてこんな目に遭《あ》わなきゃならないんだ」ぼやきながら靴を履《は》いた。

「いってらっしゃーい」女が毛布の隙間《すきま》から手を振った。

俺は部屋を出ると、乱暴にドアを閉《し》めた。

3

会社に行くと、合間《あいま》を見て片岡を湯沸かし室に呼び出した。

「そうそう、俺もこれを返さなきゃと思ってたんだ」片岡はポケットから、昨日俺が貸した鍵を取り出した。

俺はそれを奪いとり、奴を睨みつけた。

「おまえが誰を連れ込もうと勝手だが、俺に迷惑をかけるな。もうおまえには部屋を貸さないからな」強い語気《ごき》でいった。

片岡は目をぱちぱちさせた。

「なんだいったい、どういうことだ。何を怒っているんだ」

「あの女だ。おまえが連れ込んだんだろう」

「あの女？　おいおいおい、ちょっと待ってくれ。俺は誰も連れ込んだりしないぜ」

「だけど昨日部屋を借りていたのは、おまえじゃないか」

「それが突然予定が変わったんだ。広江の都合《つごう》が悪くなって、デートできなかったんだ。せっかく部屋を確保しておいたのに、がっくりだよ」

「じゃあ部屋は使ってないのか？」

俺は奴の顔を見つめた。本当のことをいっているのかどうか、見分けがつかなかった。

「どうしたっていうんだ」片岡が心配そうな顔で訊いた。

俺は宮沢りえ子と名乗る女のことを話した。片岡は目を丸くし、続いてぶるぶると顔を横に振った。

「俺じゃないぜ。デートがボツになったから、昨夜は真っすぐ家に帰ったんだ。家族に訊いてみてくれ」

「でも部屋の鍵を持ってたのは、おまえだろ」

「それはそうだけど、俺じゃない。そんな女、知らない」

「じゃあ、鍵を誰かに貸したのか？」

「いいや、誰にも貸してない」

「だったらおかしいじゃないか。おまえ以外に、部屋に入れる者はいないはずだ」

「違う。俺じゃない。俺は無実だ」片岡は顔色を変えて否定してから、何事か思いついたように指をぱちんと鳴らした。「わかった。合鍵だ。誰か、あの部屋の合鍵を作った奴がいるんだ」

「合鍵を？　何のために？」

「おまえが出張とかで留守のときに、勝手に使うつもりだったんじゃないか。そうすれば五千円を払う必要がないからな」

片岡の意見に俺は唸った。部屋を借りる連中の顔ぶれを思い出すと、その程度のことはやりかねなかった。

「もしそうだとしても疑問が残るぞ」と俺はいった。「犯人は、昨日あの部屋が空《あ》いていることを、どうして知ったんだ？」

「それもそうだな」片岡は腕組みをした。「なぜだろう？」

「昨日、おまえのデートが中止になったということを、誰かにしゃべったか？」

「しゃべるわけないだろ、そんなことを」

「するとどういうことかな？」

「俺は本田が怪《あや》しいと思うね」片岡は二度三度と頷いていった。「うん、そうだ。あいつなら、その程度のことはやりかねない。ディスコで、軽そうな女をナンパしてたこともあるしな」

「俺の部屋を借りたことのある人間を、全員集めよう」俺は意を決していった。「全員揃《そろ》えば、嘘《うそ》をついているのが誰かも明らかになるはずだ」

「望むところだね」片岡は大きく頷いた。

席に戻ってから、アパートに電話をかけてみた。ところが何度かけても話し中だ。俺は舌打ちをした。あの女が、勝手に俺の電話を使っていやがるのだろう。

いらいらして机を指で突いていると、目の前を葉山広江が通りかかった。俺は彼女を呼び止めた。

「変なことを訊くようだけどさ、昨日、経理部の片岡とデートの約束をしていただろ？」

広江は少し驚き、次には恥ずかしそうに下を向いた。

「片岡さんて、そんなことまでお友達に話すんですか」目の縁《ふち》が赤くなっている。

「いやいやいや」俺は懸命にごまかした。「奴が、いいふらしてるってわけじゃなくて、僕が奴を問い詰めたんだ。ええと、それで」咳払いを一つした。「そのデートを急に断わったそうだね」

「えっ？　ええ……」広江は小さく頷いた。「急用ができちゃったんです。あの、それがどうかしたんですか」

「いや、たいしたことじゃないんだけどね、ちょっと調べていることがあって」俺は唇《くちびる》を舐《な》めた。「デートを取りやめにしたこと、誰かに話さなかったかい？」

「いいえ話してませんけど」

「本当に？　よく思い出してくれないか」

すると彼女は、さすがに不審そうな目をした。

「いったい何を調べてるんですか？　片岡さんが何かいってたんですか？」

「いや、そうじゃない。話してないならいいんだ」

俺は手を振り、作り笑いをしてごまかした。

昼休み、俺は片岡、本田、そして中山の三人を食堂の隅に集めた。そして部屋で寝ていた女のことを彼らに話した。

「知らねえぜ、そんな女」本田が、まず口を利いた。「昨日部屋を借りることになってたのは片岡なんだから、片岡の女じゃないのか」

「だからそれは違うって」片岡が即座に否定した。「誰かが合鍵を使って入ったんだよ。もしかしたら俺を陥《おとしい》れるつもりかもしれない」

「おまえを陥れて、何の得があるんだ」中山が、奇麗《きれい》に七三に分けた髪形を手で気にしながらいった。

「知らないよ、そんなこと。犯人に訊いてくれ」と片岡。

「とにかく、絶対に俺ではない」本田はオーバーに身悶《みもだ》えしていった。「そりゃあ俺はよくナンパする。酔った勢いで、相手の顔も見ずに口説くってこともある。だけどもし俺なら、コンドームをつけないなんてことはない。絶対にない。俺は厚生省の指導を守っているんだ」テーブルを叩《たた》いた。

「ううむ」俺は考えこんだ。たしかにこの三人の場合、コンドームをつけずにセックスするとは思えなかった。

「おい、カワシマ」中山が疑惑の目で俺を見た。「おまえ、本当にその女のこと、見覚えないのか？」

「なんだよ、どういう意味だ」

「その女は昔おまえと何かあって、それでおまえのことが忘れられなくて、強引に転がりこんできたんじゃないのか。男に連れてこられたなんていうのは、作り話でさ」

「なるほど」と本田もいった。「古い言葉でいうと、押掛《おしか》け女房ってやつか」

「とんでもない」俺は激しくかぶりを振った。「それならはじめから、おまえたちを問いつめたりしない。全然見たことのない女だ。それに第一」唾《つば》を飲んでから続けた。「女からそんなに好かれたことなんて、過去に一度もない」

三人は俺の顔をまじまじと見つめて、それもそうかという表情をした。

「いいことを思いついた。従業員証を、ちょっと貸してくれ」俺は彼らにいった。

「従業員証？　そんなもの、どうするんだ」と片岡が訊いた。

「あれには顔写真が貼ってあるだろ。それを女に見せてみる。もしかしたら思い出すかもしれないからな」

「いいだろう、無実を証明するためだ」まず中山がそういい、定期入れの中から従業員証を取り出した。

「よし、じゃあ俺もいい」

「気がすむまで調べてくれ」

ほかの二人もそれに倣《なら》った。

4

この日も残業はなく、真っすぐにアパートに帰った。部屋では例の女が、ベッドの上でポテトチップスを食いながらテレビを見ていた。

「おかえりなさい」女はテレビに顔を向けたままでいった。「あたしの相手の男、見つかった？」

こっちの苦労も知らず、呑気《のんき》な声を出しやがる。

俺はテレビを消し、ベッドの上に三枚の従業員証を並べた。

「よく見てくれ。このなかにいるはずだ」

「ふーん」

女は三枚を一瞥《いちべつ》した後、「あっ」といって一枚を取り上げた。本田のものだった。

「そいつか？」と俺は訊いた。

「ううん」女は首を振った。「あたしのタイプとしては、この人かなと思っただけ。でも見たことのない人だよ」

「君のタイプなんか訊いてない。昨夜一緒だった男は誰だと尋《たず》ねているんだ。あとの二人はどうだ？」

「ええと……わかんないや」

「もっとよく見ろよ」

「だって覚えてないんだもーん」

女は手元のリモコンで、テレビのスイッチを入れた。ちょうどバカなバラエティ番組が始まったところだった。女はそれを見て、あははははと大口を開けて笑った。

俺はまた頭が痛みだした。

「なあ頼むよ、出ていってくれ。いくら昨日が危険日だったからって、妊娠したと決まったわけじゃないだろ？　もし妊娠していたら、そのときに改めて相手の男を探そう。俺も協力するからさ」

「だめだよお。そんなに時間が経ったんじゃ、ますますわかんなくなっちゃう」女はそういってポテトチップスの袋に手を突っこんだ。

「だけど君だって、いつまでもここにいるわけにはいかないだろう。家の人だって心配しているかもしれない」

「あっ、その点は大丈夫。さっき電話して、今夜も友達の家に泊めてもらうっていっといたから」

「でも今夜は、俺だってここで寝るつもりなんだぜ。男と二人きりで不安じゃないのか」

するとかの女はこちらを見て、うふふと意味ありげに笑った。

「変な気を起こしそう？」

「そうじゃないけどさ」

「変なことをしたら、昨日の相手も結局あんただったってことにするからね。襲うんなら、そこんとこ覚悟しといて」そしてまたテレビに目を戻し、能天気に笑った。

俺は着替えもせず、もう一度靴を履いた。

「どこへ行くの？」と女が訊いてきた。

「腹ごしらえだ。ほか弁を買ってくる」

「あたしにも買ってきて。それからフライドチキンもね」

やれやれと吐息《といき》をつき、俺は部屋を出た。

その夜はしかたなく、例の女を部屋に泊めることにした。彼女がベッドで、俺は床の上だ。彼女は寝相《ねぞう》が悪く、時折り白い足が毛布からむきだしになった。俺は何度か欲情したが、そのたびに毛布を頭からかぶって気持ちを鎮《しず》めようと努力した。はっきりいって、ほとんど眠れなかった。

朝になると、俺は濃いコーヒーを一杯飲んだだけで、出かける支度をした。とにかくこの部屋を出ないと、頭が変になりそうだった。女は相変わらず大胆な恰好《かっこう》で、ぐーぐー寝ていやがる。

靴を履いてから、今日が木曜日だということを思い出した。ゴミを出す日なのだ。俺は再び靴を脱いで部屋に上がった。

黒いビニール袋の中に、昨夜の弁当の空箱を入れ、さらにゴミ箱を逆《さか》さまに突っこんだ。ゴミ箱の中から出てきたのは、紙屑《かみくず》が少しと、昨日俺が捨てた靴下だけだった。

そのときふと、頭に引っ掛かるものがあった。何かちょっと変な感じがしたのだ。だがどこからくるものなのか、自分でもよくわからなかった。睡眠不足のせいかなと思ったりした。

ゴミ袋を持って、俺は部屋を出た。時計を見ると、いつもより一時間近くも早い。

集積所にゴミ袋を置き、駅に向かって歩きだした。釈然《しやくぜん》としない気持ちは、ずっと続いていた。肝心《かんじん》なものを見ているのに、それに気づかない――そういう気分なのだ。

そんな状態のまま駅に着いた。俺は定期入れを上着のポケットから出した。そのときなにやら白いものが落ちた。見てみると、ティッシュを丸めた屑だった。俺はそれを拾い、近くのゴミ箱に捨てた。

この瞬間、頭に引っ掛かっていたものが、ポロリと取れた。あっと息を飲んだ。

そうか、あいつめ。

俺は来た道を引き返した。

5

午前十一時になっていた。

俺は路上に車を止め、自分のマンションを見張っていた。正確にいうと、マンションに出入りする人間を見張っているわけだ。会社には、今日は休むからと電話してある。

絶対に尻尾《しっぽ》を掴《つか》んでやるぞ——俺は出入口を睨みつづけた。

ヒントとなったのは、ゴミ箱の中身だった。

あの宮沢りえ子と名乗る女は、一昨日の夜ある男にナンパされて、このマンションに連れてこられたといった。そしてセックスをしたと主張している。

しかしそれならば、大量のティッシュの屑がゴミ箱に捨てられているはずではないか。女が昨日、ゴミ箱を奇麗にしたとは考えられない。昨日の朝俺が捨てた靴下が、そのまま残っているからだ。

つまり、あの女が嘘をついているということになる。どこかの男に連れてこられたのではなく、自分の意思で来たのだ。

ではなぜ男に連れてこられた、などという嘘をついたのか。

それはたぶん俺の部屋に居座るためだろう。事実あの口実のため、俺は彼女を追い出せないでいた。

さて、ではなぜ彼女は俺の部屋へなんかやってきたのか。そしてなぜ居つづけなければならないのか。

彼女の目的が、俺でないことはたしかだ。彼女は俺の顔を知りもしなかった。それに俺は、それほど自惚《うぬぼ》れの強いほうじゃない。

つまり、部屋にいること自体に意味があるわけだ。

郵便じゃないか、というのが俺の読みだった。どういう事情かは知らないが、何か大事な郵便物が俺の部屋に届くことになっているのではないか。そしてそれをあの女は待っている。

このマンションの郵便受けは、各部屋の扉にではなく、一階の入口にまとめて設けられている。一般の郵便物は、ここに入れられるのだ。しかしあの女の待っているのは、速達か書留だろうと俺は踏んでいた。だからこそ、わざわざ部屋で待つ必要があるのだ。

十一時を二十分ほど過ぎたころ、お待ちかねの郵便配達員が現われた。眼鏡《めがね》をかけた、背の低い男だった。俺は目をこらした。だがこの配達員は一般郵便物を扱う係らしく、入口のところにある郵便受けに、ちょこちょこと郵便物をほうりこんだだけだった。しかも俺の箱には、何も入れていかなかった。

がっくりしてハンドルに顔を伏せたとき、目の前に車が一台止まった。小さなワンボックスバンだった。降りてきた若い男は、後ろのハッチを開けた。荷台に、ダンボールの箱がいっぱい積まれている。

宅配便だ——俺は身を起こした。

若い男は一斗缶《いっとかん》ほどの大きさのダンボールを二つ積み上げ、それを両手で抱えた。相当な重量らしく、腰が少しふらついている。それでもそのままマンションの中に入っていった。

俺は窓から身を乗り出し、マンションの二階を見た。各部屋のドアの上部が、下からでも辛《かろ》うじて見える。俺の部屋のドアは、左から二番めだ。

そのドアが開いた。そして少しそのまま。やがてドアは閉まり、ほどなく宅配便配達員がマンションから出てきた。

なるほど、と俺は合点《がてん》した。部屋に配達されてくるのは、書留郵便や速達だけではないのだ。あの女が待っていたのは宅配便だったのだ。

　さてどうするかと考えていると、俺の部屋のドアがまたしても開いた。俺は車の中で身を屈《かが》めた。

　あの女が出てきた。どぎつい化粧をしている。小さなバッグを肩から下げているだけで、宅配便で届けられた荷物は持っていない。

　女が角を曲がって消えるのを確認してから、俺は車を出た。

　マンションに入り、自分の部屋の前に立つと、まずそのままドアを引いてみた。ドアには鍵がかかっていた。これは奇妙なことだった。この部屋の鍵は二つあるが、現在両方とも俺が持っている。するとあの女は、どうやって鍵をかけたのか。

　首を捻《ひね》りながら俺は鍵を外し、ドアを開いた。玄関のところに、さっき宅配便の配達員が苦労して運んでいたダンボールが二つ、並べて置いてあった。

　俺はしゃがみ、箱に貼ってある伝票をたしかめた。受取人の住所はこの部屋のもので、名前は『宮沢商会《みやざわしょうかい》』というわけのわからないものになっている。そして差出人は——。

　なんと、俺の会社になっていた。

6

午後一時過ぎに俺が会社に現われると、皆が妙な顔をした。

「なんだ、今日は風邪で休みじゃなかったのか」係長が尋ねてきた。

「そうだったんですけど、熱が下がったみたいなんです。それでまあ、昨日やり残した仕事だけでもしておこうかと思って、出てきたわけです」

「ふうん。それはいいけど、人に風邪をうつさないでくれよな」そういって係長は、手で蠅《はえ》を追うようなしぐさをした。

俺は自分の席に戻ると、パソコンを使って、ちょっとした調べごとを始めた。ふと顔を上げると、葉山広江が遠くからこちらを見ているのが視界に入った。しかし俺は無視して作業を続けた。

調べごとを終え、電話を二本かけてから、俺は席を立った。葉山広江を探すと、彼女はコピー機の前にいた。俺が見ていると、彼女のほうもこちらを見た。ぱちんと音がしそうな勢いで、視線がぶつかった。

俺は目くばせしてから部屋を出た。そのまま廊下で待っていると、彼女も出てきた。

「屋上に行こうか」俺は提案した。

彼女は無言で頷いた。

今日は天気がよく、屋上でも風の強さは感じられなかった。俺は階段室を出てすぐに、葉山広江を振り返った。

「荷物は俺が持っているよ」なにげない口調を心がけて俺はいった。

彼女は、いっとき俺の目をじっと見つめてから、薄く笑った。

「やっぱりね。思ったとおりでした」

「あの女から連絡が入ったのか」

「昼過ぎにね。運ぼうと思って車を取りに行ってる間に、あれが部屋から消えちゃったって。それを聞いた途端、カワシマさんの仕業《しわざ》だと思った。今日はお休みだから」

「マンションの前で見張ってたんだよ」

広江はおどけたように肩をすくめた。

「ナオミったら、完璧《かんぺき》に騙《だま》してるなんていってたくせに、ばれてるんじゃない」

「ナオミっていうのか、あの女」

「そう」

「完璧に騙されてたよ。今朝まではね」俺はいったん遠くに目を向けてから、再び彼女の顔を見つめた。「あれをどうするつもりだったんだ？」

だが広江は即答せず、目をそらした。口元に、不可解な笑みがはりついていた。

ダンボール箱の中身は、有機溶剤であるトルエンの入った缶だった。二十リットル入りで、それが二つ届けられたわけだ。

それを見た途端、からくりが読めた。

犯人の目的は、この荷物を会社から持ち出すことにあったのだ。しかし重量や大きさから考えて、自力《じりき》で持ち出すというわけにはいかない。そこで考えたのが宅配便だ。会社から、どこか架空《かくう》の事務所のようなところに送るという形にしたわけだ。

その架空の事務所として選ばれたのが、俺の部屋だった。

おそらく犯人は、あの部屋が俺の部屋だとは知らなかったのだ。通常は無人で、勝手に使っても大丈夫だと踏んだのだろう。

なぜそんなふうに思ったか。それは、そう聞かされていたからだ。

ここで思い出されるのが、片岡のいった言葉だ。奴は俺の部屋を使うとき、葉山広江に、ここは自分のセカンドハウスだと説明していたという。

俺は広江が犯人だったと仮定して推理を進めてみた。すると何もかもがすっきりと説明できるのだった。

まず第一に彼女なら、部屋の合鍵を作ることもむずかしくない。片岡が彼女に鍵を預けることもあったらしいからだ。第二に、自分がいいだしたのだから当然のことだが、片岡とのデートが中止になることを知っていた。

そして第三が、あの荷物の内容だ。会社の倉庫に偶然あったものを、盗もうとしたわけではないだろう。最初から盗む目的で、業者に注文したとみるのが妥当だ。で、そういう注文ができるのは、資材部の人間にかぎられている。

俺はさっきパソコンを使って、ここ一カ月ほどの有機溶剤の発注状況を調べてみた。するとある技術部の依頼で、二十リットル入りトルエンを二缶注文しているのがわかった。それは三日前に納入され、その技術部から受領の確認をもらったことになっている。それらの事務処理を行なったのは、やはり葉山広江だった。

俺は技術部に電話して、事実をたしかめてみた。トルエンなんか注文しない、というのが担当の返事だった。

「売るのかい？」彼女の横顔に向かって、俺は訊いた。「あのトルエン、売るつもりだったんだろ」

広江は、ゆっくりとこちらを向いた。

「まあね」

「ヤクザに、かい？」

広江はかぶりを振った。

「あの筋《すじ》の人に売ろうとしたら、買い叩かれちゃう。関わりができるのも嫌だしね。自分たちで勝手に売るつもりだったの。赤マムシの瓶《びん》に詰め替えたものを、ナオミが仲間と一緒にさばいてくれるってわけ。あの子、そういうルートに詳しいから」

「あれだけでいくらになる？」

彼女は少し首を傾《かし》げて、「百二十万ぐらいかな」といった。「百ccで三千円という計算だけどね」

俺は首を振った。「原価の数十倍だ」

「でも買う人がいるのよ」

「らしいな」

シンナー遊びをする少年たちにとっては、純度百パーセントのトルエンは最高級品だと、新聞で読んだことがある。

「ねえカワシマさん」広江は甘えた声を出した。「あれ、返してくれない？　返してくれるなら、あたし、なんでも許しちゃうんだけどな」

俺はなぜか全身の毛が逆立つのを感じた。

「それはできないな。あれは業者に返品するつもりだよ。手違いだったということでね」

「ふうん、やっぱりだめか」彼女はさほど落胆したようすでもなかった。「ねえ、あたしのこと、会社に話す？」

「告げ口はしたくないな」と俺はいった。「もう二度とこんなことはしないと約束するならね」

すると何を思ったか、広江はケラケラ笑いだした。

「何がおかしいんだ？」

「ナオミがいってたことを思い出したの。カワシマさんて、お人好《ひとよ》しだって」

返す言葉が見つからず、俺は仏頂面《ぶっちょうづら》を作った。

ひとしきり笑ってから、広江はいった。「あたし、来月会社を辞《や》めるの」

「辞める？　どうして？」

「だってつまらないんだもの。いい男も見つからないし」

「片岡がいるじゃないか」

すると彼女は吹き出した。

「あんなダサくてケチな男、もういや。やっぱりたまには、ホテルのスイートぐらい使ってくれなきゃ」

「……ふうん」

「それじゃ、話はこれでおしまいね」

広江は軽く手を上げると、階段室に入っていってしまった。

俺はそれから少し遅れて中に入った。職場に戻ると、片岡が席で待っていた。

「例の女のこと、どうなった？」

「ああ、片付いたよ」

「片付いた？　どういうことだ？」

「とにかく忘れてくれ」

「そういわれてもなあ。おい、どうしたんだ、ずいぶん顔色が悪いぜ。ははあ、その女ってのは、やっぱりおまえに関係があったんだな。それで何か悩んでるってわけだ。それなら俺に相談してくれよ。女のことなら、大抵《たいてい》のことはわかる」片岡は胸を張った。

「女のことなら？」

「ああ、そうさ」と奴は断言した。

「そうだな」と俺は頷いた。「おまえの、女を見る目はたしかだよ」

そして深々とため息をついたのだった。

もう一度コールしてくれ

1

履《は》き慣《な》れない革靴《かわぐつ》の中で、小指が痛んだ。それでも止まるわけにはいかない。俺《おれ》はがむしゃらに走りつづけた。細く入り組んだ道が、俺の走りを妨《さまた》げる。しかしそれは追う側にもいえることだ。

いつの間《ま》にか、ノボルの姿が俺の後ろから消えていた。おまわりに捕《つか》まったのかもしれない。今までスポーツらしきものをしたことがないといっていたから、警官の足に勝てなくても不思議ではない。だが今の俺はノボルのことを気遣《きづか》う余裕もなく、ひたすら足を動かしていた。高校時代、無心でグラウンドを駆《か》けていたころのことが、ふと頭をよぎった。先輩の声、監督の声、そして俺自身の声が蘇《よみがえ》った。

遠い昔のことだ。

誰《だれ》も追ってくるようすがないので、俺は足を止めた。こんなに走るのは久しぶりだ。肺が痛い。頭もがんがんする。道端のポリバケツに腰をのせて息を整えた。

とはいえ、のんびりしている余裕はなかった。じきにこのあたりまで警官が来るにちがいなかった。走っているところを、何人かに目撃されている。

俺はよろよろと立ち上がり、そのついでに電柱に貼《は》ってある住所を見た。無我夢中で走っていたから、自分が今どこにいるのかまったくわからなかった。

××町三丁目。そう書いてあった。

偶然だなと一瞬思い、その直後に、そうでもないかと思い直した。今度の計画をノボルから聞かされたときから、頭の隅に引っ掛かっていたことだ。

「あいつ」の家の近くだな、と。

俺は逃げるという目的をいっとき忘れ、番地を書いたプレートを探して歩いた。「あいつ」の家の住所や位置は、今までに何度も地図で確認していたから、俺の頭にはしっかりと刻みこまれている。

間もなく俺は、目的の家を見つけていた。周りを生け垣で囲まれた、日本的でこぢんまりとした家だった。

『南波《なんば》勝久《かつひさ》』と毛筆で書いた表札が上がっている。

――ここが「あいつ」の家か。

遠くでパトカーのサイレンが聞こえた。それをきっかけに、俺は門扉《もんぴ》を開けて中に入った。

生け垣の内側にも、たくさんの木が植えられていた。俺は玄関の前から右へ回った。庭があり、それに面してガラス戸が入っていた。その向こうはダイニングキッチンのようだ。見たかぎりでは、誰もいない。

ガラス戸に二、三歩近づいたとき、「南波さあん」と外から呼ぶ声がした。俺はあわてて家の陰に隠れた。こっそりと玄関を見ると、警官が中を覗《のぞ》きこむようにしている。俺は首を引っこめた。

「留守《るす》みたいだな」

警官は一人ではないようだ。相棒と何か話している。少ししてから、立ち去る気配《けはい》があった。

俺たちのことを探しているのにちがいなかった。ついでに近所の住民に、注意を促しているのだろう。

どの程度の警戒がなされているのだろうと俺は想像してみた。不審な男は皆、職務質問されているのだろうか。俺のような男が歩いていたら、やはり調べてみようという気になるのだろうか。

ノボルの誘いになんか乗るんじゃなかったな、と今さらいってもしかたのないことを悔やんだりもした。

しばらくそこでじっとしていると、門扉の開く音がした。俺は家の陰から覗いてみた。白髪《しらが》頭の痩《や》せた男が、コンビニの白い袋を片手に玄関の鍵《かぎ》を外《はず》しているところだった。

その横顔は、南波勝久に間違いなかった。俺の胸は、一気に騒ぎはじめた。

俺はプロパンガスのボンベの後ろに潜《ひそ》んでようすを見た。ガラス戸の向こうに南波の姿が現われた。奴は空気を入れ替えるためか、ガラス戸を開けて網戸にした。

俺は飛び出していきたい衝動を抑え、ガスボンベに身を寄せてじっとしていた。南波が一人なのは間違いなかった。だが今出ていけば、騒がれた挙げ句、近所の人間に気づかれて終わりだ。

そのうちに水洗便所の水が流れる音がした。奴は今、便所に入っているということだ。

俺は庭に出ると、ためらわず、土足のままダイニングキッチンに上がりこんだ。薄暗い部屋だった。俺は外から見られぬようカーテンを閉めると、部屋の入口の横にはりつき、内ポケットからナイフを取り出した。

便所の扉の開閉する音が聞こえた。奴が廊下を歩いてくる。ナイフを持つ手に汗が湧《わ》いた。

奴の白髪頭が見えた瞬間、その顔の前にナイフを突き出した。

「騒ぐな」

南波はビデオのポーズボタンを押したみたいに、全身を停止させた。それから、ゆっくりとこちらを見た。

「誰だ？」

「誰でもいいじゃねえか」

俺は、まだまだ名乗るつもりはなかった。「座れ、ゆっくりとだ」

台所の椅子《いす》に、南波は背筋《せすじ》を伸ばして座った。

「両腕を背もたれの後ろに回しな。そうして手首を重ねるようにするんだ」

奴がそうすると、俺はそばにあったタオルでその両手首をしっかりと結んだ。

「一丁目の婆《ばあ》さんを襲ったというのは、あんたか」

大声を出したら殺されると思ってか、南波はかすれ声で訊《き》いてきた。

「もう噂《うわさ》になってるのかい」

「顔見知りの警官から聞いたんだ。ひどいことをするな。老人から金を奪うなんて」

「心配しなくても、あんたからは何もとらねえよ」

俺は思いきり凄《すご》むと、ナイフの刃を南波の頬《ほお》に触れさせた。奴の身体《からだ》が硬直するのがわかった。「とるとしたら、命だけだ。あんたが下手《へた》に騒いだときの話だけどな」

「い、いつまでこうしている気だ」

南波は俺を睨《にら》んだ。

「さあ、わからねえな。とにかく今は、おまわりがうろうろしていやがるからな。連中が引き揚げたら、俺もここを出ていくとしよう」

「逃げきれると思ってるのか」

「逃げきれるさ」

俺は顔を奴に近づけた。「足には自信があるんだよ。昔からな」

すると南波は、一瞬怪訝《けげん》そうな顔をした。

2

大金が手に入る話がある、とノボルが俺のアパートに電話をかけてきたのは、三日前のことだった。ノボルは俺が働いているパチンコ屋の斜め向かいにある、賭《か》け麻雀《マージャン》屋の店員をしている。

「ただし、ちょっとヤバい橋を渡ることになるけどな」

ノボルは声を低くしていった。

「何をしようってんだ？」

「それはまあ、会ってからのお楽しみさ」

含み笑いが受話器の向こうから聞こえた。

「仲間は？」

「今のところ、俺とタカシだ」

タカシは無職。現在は年増《としま》のホステスのアパートにころがりこんでいた。

「ふうん……ヤバい橋ってことは、捕まったらアウトか」

「アウトだ」とノボルは答えた。「まあ当分シャバの空気は吸えねえだろうな。だけどよ、俺たちみてえな落ちこぼれが這《は》い上《あ》がろうと思ったら、ちったあ勝負かけねえとな」

俺が黙っていると、「その気があるなら、今夜仕事が終わってから俺の部屋に来てくれ」といってノボルは電話を切った。

俺は仕事をしながら、どうしようかと迷っていた。ノボルの口調からすると、今までのような小遣《こづか》い稼《かせ》ぎとはわけが違うようだった。詐欺《さぎ》まがいのことや、おとなしそうな学生から金を巻きあげる程度のことなら何度もやっている。

落ちこぼれ、という言葉が俺の耳にはりついていた。本当にそうだと思う。俺は見事に落ちこぼれた。高校のときだ。で、それ以来社会の底辺をさまよっている。

「こら、ユタ公。便所の掃除やっとけっていったろうが」

俺が店の隅で煙草《たばこ》を吸っていると、ニイジマのバカがすっとんできて、俺の頭をこづきやがった。雇われ店長のくせに威張りくさってやがる。俺が返事をしないと、

「なんだ、その目は。なんかいいたいことがあんのか」

といって、襟首《えりくび》を摑《つか》んできた。

「ありません」

爆発しそうになる怒りを抑え、俺は声を絞《しぼ》りだした。

「じゃあ、さっさとやれ」

ニイジマが手を離した直後、中年の女の客が俺たちのところへやってきた。

「あのう、お金を入れたけど玉が出ないんだけど」

「えっ？　あ、そうですか。それはどうも申しわけございません。ええと、どちらの機械でしょうか」

ニイジマは表情を一変させると、へらへら笑いながら客の後をついていった。

俺はしかたなく便所に行った。アンモニア臭《くさ》い空気を嗅《か》ぎ、便器の中に捨てられた、小便まみれの吸《す》い殻《がら》をゴミ挟みで摘《つま》み取《と》りながら、

——二十歳《はたち》の男がすることじゃねえよ。

と思った。

大金を持っている婆さんがいる、というのがノボルの話の出だしだった。独り暮らしで近所付き合いも少ない。おまけにその大金を銀行に預けず、いつも家の中にしまいこんでいるという。

「金を手元に置いとかないと落ち着かねえっていう年寄りは多いからな。じつはそのほうがよっぽど危ねえのにな」

そういうとタカシは、きひひひと笑った。黄色い歯の根が細くなっているのは、少し前までシンナーをやっていたからだ。

「婆さんの留守を狙うわけか」

俺がいうと、ノボルは顔をしかめた。

「そんな七面倒臭《しちめんどうくさ》いことはしねえよ。金を探すのも大変だ。婆さんがいるときを狙う。セールスマンに化けてよ。家の中に入りさえすりゃあこっちのもんさ」

「セールスマンとなりゃあ、それなりの格好《かっこう》をしねえとな。背広とか、ネクタイとかよ」

タカシがいった。「それも地味《じみ》なやつだ。俺、持ってねえぜ」

「ユタカはどうだ?」とノボルが俺を見た。

「ひとつだけある。ダサいやつだけどな」

普通の会社で雇ってもらおうと思って、なけなしの貯金をはたいて買ったスーツだ。

もちろん雇ってはもらえなかった。

「ダサいほうがいいんだよ。よし、じゃあ俺とユタカがセールスマンに化けて中に入る。タカシは見張り役だ。ダチ公の車が借りられるっていってたよな。家の近くに止めて、外のようすを知らせてくれ」

「どうやって知らせるんだ」

「それにはいいものがあるんだ」

ノボルは押入れの中から小さな箱を引っ張り出してきた。蓋《ふた》を開けると、ラジオのようなものが二つ入っていた。

「トランシーバーか」と俺は訊いた。

「そういうことよ」

ノボルはにやりとした。「麻雀で大負けした電器屋のおやじがいてよ、金がねえからって店の商品を吐き出しやがった。こいつはそのおこぼれだ」

「よく聞こえるのか」

一方のトランシーバーを手にして、タカシが入口のほうへ行った。

「あたりまえだ」

ノボルは残ったほうのトランシーバーを操作し、本日は晴天なり、といった。

「ははは、聞こえる、聞こえる」

「いつやるんだ」と俺はノボルに訊いた。

「気が変わらねえうちに、だよ」とノボルはいった。

家へ帰ってから、俺は婆さんの家を地図で調べてみた。そのときに初めて気がついた。「あいつ」の、南波勝久の家がすぐ近くだということに。

婆さんの家は古びた木造の平屋だった。未《いま》だにこんな家があるとは、ちょっと驚きだったが、周りを見てみると同じような家がいくつもある。どんなに豊かそうな世の中でも全員が金持ちになったわけじゃないということだ。

俺たちの訪問を受けて、婆さんは少し警戒の色を見せた。といっても、俺たちがセールスマンであるということを疑っているのではなさそうだ。むしろセールスマンだと思ったから身構えたのだろう。

「余分な金はないんよ。帰ってちょうだい」

貯蓄のための有利な商品があると聞いても、婆さんは蠅《はえ》を払うように手を振るだけだった。ドアの隙間《すきま》から顔だけ出し、俺たちを中に入れようとしない。こんなボロ家のくせに、ドアチェーンだけは付けていやがる。俺は近所の人間に怪しまれないかと、内心ひやひやしていた。

しばらく粘った後、ノボルがいった。

「それでは、粗品とパンフレットだけ置いていきたいんですが」

この言葉に、婆さんの表情が少し変わった。粗品にひかれたらしい。すかさず俺は鞄《かばん》の中から、有名デパートの包装紙で包んだ空箱を取り出した。

「ふうん……まあ、ただなら貰《もら》っておくけど」

そういって婆さんはいったんドアを閉めると、チェーンを外してまた開いた。同時に、俺はドアノブを摑んで思いきり引いた。あっという声を出した婆さんの口をノボルが塞《ふさ》ぎ、そのまま中に押し入った。俺も後に続き、周囲のようすを窺《うかが》いながらドアを閉める——。

その瞬間、俺の心臓が大きくひと跳《は》ねした。向かいの家の二階窓で、人影らしきものが動いたからだ。

「向かいの人間に見られたかもしれねえ」

「なにい」

口元を歪《ゆが》めたノボルは、婆さんの始末を俺に任せてタカシに連絡をとった。俺は婆さんの手足をガムテープで巻き、口には猿ぐつわをした。

「いいな、なんかおかしな様子があったら、すぐに知らせろよ」

タカシとの連絡を終えたノボルは、ナイフを取り出すと、刃先を婆さんに見せるようにして猿ぐつわを外した。「おい婆さん、金はどこにある？」

「お金なんか、ない」

婆さんは首を振った。

「とぼけんなよ。あることはわかってるんだ。爺《じい》さんの遺産を、そっくり現金にして抱えてんだろ。さっさと白状すれば、あともう少し長生きできるぜ」

ノボルは婆さんの皺《しわ》だらけの頬に、刃を当てた。

「殺したきゃ、殺したらいい。どうせ先は長くないからね」

「ああ、そうかい。じゃそうしよう。金はあんたを始末してから、ゆっくりと探せばいいことだ」

ノボルはナイフの先を婆さんの喉《のど》に触れさせた。途端に婆さんは泣きはじめた。

「助けとくれ、助けとくれ。押入れの布団《ふとん》……布団の中だよ」

ノボルは俺に目くばせした。俺は茶色に変色した押入れの襖《ふすま》を開けた。薄汚れた、湿《しめ》っぽい布団が、ババアの臭《にお》いを放っている。

押入れのいちばん下に、手触りのおかしな座布団があった。引っ張りだして裂いてみると、中には札束がごろごろ入っていた。ノボルが口笛を吹いた。

「全部は勘弁しておくれ。半分だけ……半分だけにしといておくれ」

「うるせえな」

ノボルが再び婆さんに猿ぐつわをかませようとしたとき、トランシーバーから発信音が聞こえた。続いてタカシの声がした。

「おまわりが来やがった。そっちへ行くところだ」

俺とノボルは顔を見合わせた。

「ヤベえ。隠れよう」

ノボルがそういった直後、婆さんが突然大声をはりあげた。

「おまわりさーん、たすけてえ」

年寄りとは思えないでかい声だった。ノボルが婆さんの口を塞《ふさ》ごうとしたが、手遅れだった。玄関のドアを叩《たた》く音がした。

「ずらかろう」

近くの窓を開け、俺は外に飛び出した。ノボルも札束入りの座布団を抱えて続いてきた。細い路地を全力で走った。やがて後ろから声がした。振り返ると、制服を着た警官が二人、追いかけてくる。

　俺は必死で走った。

3

　時計が午後九時を示した。俺はテレビのスイッチを入れた。ニュースキャスターが最初に紹介したのは、外国の情報だった。

「あんたらのことがニュースに流れるとしたら、もっと後じゃないか」

　南波勝久がぼそりと呟《つぶや》きやがった。

「わかってんだよ、そんなことは」

　俺は吐き捨てるようにいった。「余計なことはしゃべるな」

　南波は吐息《といき》をつき、瞼《まぶた》を閉じた。

　俺は煙草を取り出した。最後の一本だった。それに火をつけ、深い一服をしてから室内を見回した。壁に、額《がく》に入れた古い写真が飾ってあった。野球のユニホームを着た大勢の男たちが、こっちを向いている。ユニホームの形と、白黒写真の変色の具合から、年代ものだということがわかった。

「あの中に、あんたがいるのかい?」

俺が訊くと、南波は目を開いた。

「余計なことはしゃべっちゃいかんのだろう」

「俺の質問には答えろ」

ナイフをちらつかせた。南波は写真を一瞥《いちべつ》してから、「そうだ」と短く答えた。

俺は写真の下に行き、じっくりと眺《なが》めた。南波は、すぐに見つかった。今よりもずっと身体が大きく、当然のことながら顔も若いのだが、目元のあたりに面影《おもかげ》がある。若い南波のユニホームには、五という数字が縫いこまれていた。

「サードか」と俺は訊いた。

「ああ」

「これは高校じゃないみたいだな」

「大学のときだ」

けっと俺は吐《は》いた。

「結構なご身分だったんだな。大学まで行かせてもらって、野球してりゃあよかったわけだ」

「恵まれてたのは事実だな。それなりの苦労もあるにはあったが」

「恵まれてたんだよ」

俺は声に恨《うら》みと妬《ねた》みをこめていった。「で、いつまでやってたんだ。野球は」

「大学の途中までだ」

「なんで？」

「肘《ひじ》を痛めてな。スローイングができなくなった。職業野球を目指したこともあったんだが、それも叶《かな》わなくなった」

「へっ、いい気味《きみ》だ。そんなに世の中甘くないってことよ」

「そう思った。あのとき私もな」

南波は低い声で、静かにいった。ナイフを持った強盗に脅《おど》かされているとは思えぬ穏やかさで、一瞬俺をうろたえさせた。

「や、野球なんてもんはよ、しょせん遊びさ。人生がどうのとか、生きがいがどうのなんていうのは馬鹿げてるぜ。あんたもさ、やめてよかったんじゃねえのか」

俺がいうと、南波は少し間を置いてから口を開いた。

「そうだな、たしかに馬鹿げたことだな。しかし私はどうしても野球から離れたくなくてな、それでその後——」

「やめろ」

俺はナイフを振り、奴の顔を睨んだ。「その後のことなんかどうだっていいんだ。そういうのを余計なことというんだ」

南波は俺の剣幕《けんまく》に、恐れというより戸惑《とまど》いの表情を示した。それから、ふっと肩の力を抜くのがわかった。

「そのとおりだ」と奴はいった。「余計なことだった。たしかに」

ふんと鼻を鳴らし、俺はテレビに目を向けた。政治家たちの汚職に関するニュースが報道されていた。

「いつもいつも同じようなことばかりしていやがる」

そういってから、テーブルの上に置いてあったリモコンを取り、せわしなくチャンネルを変えた。どこもくだらない番組しかやっていなかった。元のニュース番組に戻すと、「××市で老人宅を襲った強盗犯が逃走中」というテロップが、女性アナウンサーの下に出ていた。俺は身を乗り出し、ボリュームを上げた。

「……山田《やまだ》さん宅に、セールスマンに化けた二人組の強盗が押し入りました。二人は山田さんの手足を縛り、命が惜しければ金を出せなどといい、押入れに置いてあった現金約二千万円を奪いましたが、様子がおかしいことに気づいた近所の人の連絡で駆けつけた警察官に追跡され、数分後二人組の一人が逮捕されました。捕まったのは、○○市に住む麻雀店店員中道昇《なかみちのぼる》容疑者二十一歳で、盗まれた現金はすべて中道容疑者が持っていました。また現場近くで、不審な若い男も見つかっております。男は現場に残されていたのと同形のトランシーバーを持っており、強盗の仲間と見られ、現在警察で取調べ中です」

やはりノボルは捕まっていた。タカシもだ。こっちも時間の問題だな、と俺は半《なか》ば観念した。這い上がるためには、危ない橋の一つや二つ渡らなければというのがノボルの言い分だったが、俺たちみたいな落ちこぼれには、強盗だって満足にできないということらしい。

アナウンサーの声が続いている。

「現在逃走しているのは、○○市のパチンコ店店員芹沢豊《せりざわゆたか》容疑者二十歳であることが、中道容疑者の供述により明らかになっています。芹沢容疑者は、現在も××市内に留《とど》まっていると見られ――」

俺はテレビのスイッチを消した。

静かになると、今度は空気が重くなった。蛍光灯《けいこうとう》のジーという音が、やけに大きく感じられる。俺は冷蔵庫から牛乳パックを取り出し、中身をコップに移さず、そのまま飲んだ。口の脇《わき》からあふれた分を手の甲《こう》でぬぐいとり、ふうっと大きく息を吐いた。

気がつくと、南波が俺を見ていた。

「なんだよ」と俺はいった。「俺の顔に何かついているか」

「あんた……芹沢というのか」

「ああ、そうだよ。それがどうかしたのか」

「いや」

南波は首を振り、テーブルに目を落とした。だがしばらくすると、こちらを窺うように顔を上げ、俺と目が合うとあわててそらした。

もしかしたら気づいたのかな、と俺は思った。しかしすぐにそんな考えは否定した。こいつが俺のことなど覚えているはずがなかった。こいつにとってあのことは、何千、何万と行なったコールのなかの一つにすぎない。

4

十時過ぎに、カーテンの隙間から外の様子を窺った。話し声が聞こえたからだ。警官が二人、家の横の道を歩いていくのが見えた。俺はあわてて顔を引っこめた。

「しつこい野郎たちだ。動きがとれねえ」

思わず口から弱音《よわね》が出た。

「どうして婆さんの家なんか襲ったんだ」

しばらく黙っていた南波が、ぽつりと訊いてきた。

「金を持ってたからさ」と俺は答えた。「あんな年寄りが、二千万も持っててどうするんだよ。俺たちがいただいたほうが有意義だ。そうは思わねえか」

「しかしそのために警察に捕まったんじゃ元も子もない。前科なんてものは、ないにこしたことはないぞ」

「説教する気か」

「そうじゃない。割りがあわんだろうといってるんだ」

「だから真面目《まじめ》に働けか？　ふざけんなよ。俺たちみてえな者は、真面目に働こうと思っても、元々割りのあわねえ仕事しかもらえねえんだよ。それなら勝負を賭けてやろうって気にもなるぜ」

俺はテーブルの脚《あし》を蹴《け》った。

「学校はどうしたんだ」

「なに？」

「学校だ。高校には通ってたんだろう？」

南波が真剣な目を俺に向けてきた。なぜこんなことをいいだしたのかが気になった。

「ああ」と俺は答えた。「三年の秋までな」

「秋……卒業まで、あと少しじゃないか。夏に何かあったのか」

「うるせえな。俺のことはほっとけ。あんたは自分の命の心配でもしてな」

ナイフを持ったままテーブルを叩いた。ナイフの柄《え》が当たり、表面に傷がついた。

また少し沈黙が続いた。

「あんた」と南波がいった。「腹が減ってるんじゃないか。ここへ来てから、何も食ってないだろう」

俺が答えないでいると、奴は続けた。「さっき近くの店で、カップラーメンを買ってきた。その袋の中だ。食べたいなら、食べてくれていい。湯はポットに入っているはずだ」

俺は自分の腹に手を当て、テレビの横に置いてある袋と奴の顔を見較《みくら》べた。たしかに腹が減っている。

「そうかい、じゃあ遠慮なくもらうぜ」

カップラーメンのラップをはがし、蓋《ふた》を開けて湯を注《そそ》いだ。だが南波がなぜ食い物を俺に与えるのか、その真意はわからなかった。

「ここを出てどうする気だ」

俺がラーメンをかきこんでいると、南波が問いかけてきた。「あんたの名前は警察に知られているし、再出発というわけには、なかなかいかんだろう」

「そんなことは逃げてから考えるさ」

「自首したらどうだ」

「なんだと？」

俺は目を剝《む》いた。

「婆さんには怪我をさせてないみたいだし、金も戻っている。今自首すれば、それほど重い罪にはならないと思うがな」

俺はナイフを握り直し、腕を伸ばして南波の目の前に刃をつきつけた。

「指図するな。自分を何様だと思ってやがる」

「あんたはまだ若い。やり直しはいくらでもきく」

「命令するなといってんだろう。とくにてめえにいわれるとムカムカする」

俺は立ち上がった。そのとき、外から声がした。

「南波さーん、南波さーん」

男の声だった。玄関の戸を叩いている。

「あの声は、さっきもいった顔見知りの巡査だ。私が家に帰っていることを知っている。出ないとまずいぞ」

「うるせえ、その手にのるか。声を出すな」

俺は南波の横に立ち、息をひそめ、耳をすませた。すると足音が、玄関からこちらに回ってきた。カーテンの隙間から見られるかもしれない。心臓が大きく跳《は》ね、全身が熱くなった。

「手を自由にしてくれ。悪いようにはしない」

南波がいった。俺がためらっていると、「早くっ」と厳しい顔を見せた。

俺は奴の手を縛っていたタオルをほどくと、廊下に逃げこんだ。その直後、ガラス戸を叩く音がした。

「南波さん、南波さん」

「ああ、はいはい」

南波が返事して、続いてガラス戸を開けるのが聞こえた。「こりゃあおまわりさん、どうかしましたか？」

「あ、やっぱりいらしたんですか。いやあ例の強盗の片割れがまだ見つかりませんのでね、こうしてパトロールを続けているわけです。このあたりにいることは間違いないと思うんですが」

「そいつは物騒《ぶっそう》ですな」

「南波さんも、ここは雨戸を閉めてください。それから二階の部屋も灯《あか》りをおつけになったほうがいいでしょうな」

「ああ、そうですね。そうしましょう。どうもご苦労さまです」

少しすると、実際に雨戸を閉める音が聞こえてきた。それがおさまってから、俺は台所に戻った。

「当分出ていかないほうがいいな」

俺の顔を見て、南波がいった。

「なんでだ」と俺は訊いた。「なんで警官に嘘《うそ》をついた。ばらしちまえば、今ごろ俺は捕まってたのに」

「あんたに自首してほしいからだ。そのためには、とりあえず逃げのびてもらわんとな」

「わからねえな。どうしてそんなに俺のことを……」

「じゃあ尋《たず》ねるが、なぜあんたはここへ来た？」

南波の質問に、俺は一瞬絶句した。奴は重ねていった。「私のせいだと思ったからだろう? 自分がこんなふうになったのは、私のせいだと」

俺は大きく息を吸い、ゆっくりと吐いた。

「知ってたのか。俺が誰なのか」

「芹沢という名字で確信した。開陽《かいよう》高校の芹沢選手だ。じつはそれまでにも、もしかしたらという気があったんだ。あんたのことは、いちばんよく覚えておるよ」

「いいかげんなことをいうな」

「嘘ではない。だから、あんたの気持ちもよくわかる」

南波は気味が悪いほど落ち着いていた。俺は水道の蛇口《じゃぐち》を開き、そこに口をつけて水を飲むと、奴のほうを振り返った。

「そうだよ、あんたのせいだよ」

俺は呻《うめ》くようにいった。「あんたのせいで、俺はこんなふうになった。あんたのあの、間違ったコールのせいだ」

「あの、アウトのことだな」

「あれはセーフだ」

俺は喚《わめ》いた。

5

二年前の夏だ。

俺たちの野球部は、地区予選の決勝まで進んでいた。これに勝てば、念願の甲子園《こうしえん》出場という大一番《おおいちばん》だった。

序盤は投手戦だった。どちらもほとんどランナーが出ない。これは一点勝負だなと誰もが思った。

中盤になって試合が動いた。うちの高校がまず二点を先行し、その次のイニングで今度は相手が一点を返した。

一点リードのまま後半に入った。うちの高校の応援席は、もうお祭り騒ぎだった。だがプレーをしている俺たちに、はしゃいでいる余裕はなかった。これに勝てば夢にまで見た甲子園に行けるのかと思うと、緊張で身体が動かなくなってしまうのだった。

その緊張が悪いほうへ出た。八回の表になって、突然ピッチャーがコントロールを乱し、それがきっかけで三点を奪われたのだ。四対二。その裏のうちの攻撃が淡泊《たんぱく》に終わったところで、勝負あったなと誰もが思った。俺たちも思った。やっぱり今年も甲子園には行けないんだ――。

九回表を零点に抑え、いよいよ俺たちの最後の攻撃に移った。ここで俺たちは粘りを見せた。まず先頭打者がヒットで出て、続く打者も四球を選んだ。無死一二塁。そうして俺の打順だ。俺は二番バッターだった。

監督からのサインは送りバントだった。二三塁にして一打同点を狙おうというわけだ。順当な作戦といえるだろう。

しかし順当ということは、相手も当然それを予想しているわけで、単にバントといっても簡単なことではなかった。

二球めを俺は三塁側に転がした。ランナーを三塁に進めたい場合の鉄則だ。だが球の勢いを殺しきれなかった。三塁手が猛然とダッシュしてくるのが見えた。まずいと俺は思った。下手をすれば、二塁、一塁と送られてダブルプレーになってしまう。

三塁手は速い球を二塁手に投げた。続いて二塁手が一塁にスローイングする。俺は必死でベースを駆け抜けた。祈る思いで振り返ると、審判が両手を大きく広げていた。

ほーっという安堵《あんど》の声が応援席から上がった。もちろんいちばんほっとしたのは俺だ。

だがこれで一死一三塁。ワンヒットでの同点はない。

なんとかミスを取り返さなければと思った。俺の頭に浮かんだのは、次の打者がヒットを打ったら、なんとか三塁まで行ってやろうということだった。そうすれば一点差で一死一三塁、犠牲フライでも同点になる。

そのヒットが出た。一二塁間を破るヒットだった。打球の速度や敵の守備位置からすると、三塁を取れるかどうかは微妙なところだったが、俺は迷わず二塁ベースを蹴った。

前方に、グラブを構える三塁手の姿があった。その後ろでは、三塁コーチが必死の形相《ぎょうそう》でスライディングを指示していた。俺は頭から突っこんだ。左手の指先がベースに触れた直後、肩をタッチされるのがわかった。セーフだと俺は確信した。

ところがワンテンポ遅れた審判のコールは、俺を呆然《ぼうぜん》とさせるものだった。

「アウトォ」

俺は耳を疑い審判を仰ぎ見た。奴はやはり右手を上げていた。

歓声は敵の応援席から上がったものだった。そしてそれ以上に大きく、味方から落胆の声が漏《も》れた。

俺は立ち上がり、抗議しようと審判のほうに一歩出た。審判は、なんだ、という目で俺を見ていた。

「芹沢」と三塁コーチが声をかけてきた。「さっさと引っこめ」

俺は唇《くちびる》を噛《か》み、ベンチに下がった。途中何度も、あの審判を振り返った。なぜあれがアウトなんだ、俺のほうが早かったじゃないか、セーフだ、間違えやがって、馬鹿野郎、抗議しちゃいけないのかよ、間違えられたまま我慢しろってのか——。

二死一塁になった俺たちのチームに、もはや食い下がる気力は残っていなかった。次打者が平凡な外野フライを打ち上げた時点で、俺たちの夏は終わった。

試合場から帰る途中の、皆の視線は俺に冷たかった。気にするなといってくれる者もいたが、大抵《たいてい》の者は負けたのは俺のせいだと思っているようだった。俺の暴走のせいだと。

そしてこの冷たい視線は、野球部内だけに留まらなかった。夏休みが終わった後も、学校じゅうが無言の圧力を俺にかけつづけた。中学生の弟も、学校でずいぶんいじめられる始末だった。

「誰かさんが、あのとき暴走していなけりゃあ」

俺の前ではっきりといった奴がいた。サッカー部の奴だ。俺はそいつを殴った。それが問題になり、うちの野球部は対外試合禁止直前まで追いこまれた。それを防ぐために、俺はほかの三年生よりも一足早く、退部届を出さねばならなかった。

皆が俺を避けているようだった。俺は学校に行くのが嫌《いや》になり、毎日いかがわしい場所で時間を潰《つぶ》すようになった。そのうちに悪い仲間とも付き合いはじめた。

高校を退学し、家を飛び出すまで、ほとんど時間を要しなかった。坂道を転がり落ちるというが、まさにそのとおりだった。気がついたら夜の繁華街をうろつき、純トロやスリーナインを売っていた。

それでも何度か、まともな道に戻ろうとしたことがある。だが社会はそれを認めてはくれなかった。一度落ちた人間には、世間はノーとしかいわなかった。

パチンコ屋からあてがわれた三畳間で寝ているとき、俺はしばしばあの最後の試合のことを思い出した。あれはセーフだった、それをアウトだといった、あの審判の顔が忘れられなかった。あいつのせいで俺はこんなふうになったのだ。

あの審判の名前と住所は知っていた。試合の後、抗議の手紙を出そうと思って調べておいたのだ。結局出すことはなかったのだが。

俺はその名前を思い浮かべては、憎しみを増殖させていった。どうしようもないとわかっていたから、せめて恨んだのだ。

6

「なあ、頼むよ。本当のことをいってくれ」

俺は南波にいった。「あれはセーフだったんだろ？　あんたは、角度が悪くてよく見えなかった。だけどアウトかセーフか、どっちかをコールしなけりゃならなかったから、当てずっぽうでアウトといった。そうなんだろう？」

すると南波は顎《あご》を引き、胸を大きく上下させてから口を開いた。

「審判は、あてずっぽうでコールしたりはしない」

「じゃあ見間違いだ。俺のほうが早かったことは、俺がいちばんよく知っている。なあ、あんた、あのときは自信たっぷりな顔をしていたが、じつのところ不安だったんだろ？間違えたんじゃないかって思わなかったか。白状しろよ。誰も聞いてねえぜ」

だが南波は口をつぐんだままだった。俺は奴の襟首《えりくび》を摑《つか》んで揺すった。

「正直にいえ。セーフだったろ？　俺の手がベースにつくほうが早かったろ？　おい、どうなんだ、黙ってないでなんとかいえよ」

すると南波は苦しそうな顔をしながら、喉を動かした。

「たしかに……君の手のほうが先だった」

俺は奴の襟首から手を離した。

「じゃあ、セーフだって認めるんだな」

「いや、アウトだ」

「なにい」

「判定は変えない」

「この野郎」

俺はナイフを奴の顔の前に突き出したが、奴はもう俺のこういう脅しには慣れたのか、ほとんど顔色を変えなかった。そしてじっと俺を見ている。

「そうかい、わかったよ。審判の威厳とやらが、そんなに大事かよ」

俺は奴に背中を向けた。

「待て、どこへ行く？　今出ていくのは危険だ」

「うるせえ。命令するな。てめえの顔なんか、見ていたくねえんだよ」

怒鳴《どな》った後、俺は玄関から外に出た。ひんやりとした空気が頬に触れた。

それから俺は夜の町を走りつづけた。運よく、警官に見つかることもなかった。

三十分ほど走ったころ、前方に小さな公園が見えた。もう少し逃げたほうがいいかなとも思ったが、とにかく足が疲れていた。俺は公園の中に入っていった。

煙草とジュースの自動販売機があり、その前にベンチが置いてあった。俺はジュースを飲んだ後、空缶を灰皿代わりにして煙草を吸った。

南波の言葉を思い出した。

君の手のほうが先だった——。

奴はたしかにこういった。ならばセーフだ。やっぱりセーフだったんだ。俺は間違っていなかった。俺が悪いんじゃなかった。そらみろ。思ったとおりだ。

煙草を消すと、ベンチの上で横になった。少し頭が重い。

俺を非難した連中の顔が、次々に浮かんだ。部員たちの冷たい視線。同級生の軽蔑《けいべつ》したような表情。見返してやれる。これで見返してやれる。

それにしても南波の野郎。

なぜセーフだといってくれねえんだ。

肩を揺すられて目を覚ました。俺はぼんやりしたまま身体を起こした。ここはどこだ?

「住所は?」

男の声がした。俺は顔をこすり、目の前にいる二人の男を見た。

二人は制服を着ていた。

7

南波勝久が面会に現われたのは、俺が拘置所に入ってから一週間めのことだ。南波は灰色の背広をきっちりと着ていたが、なぜかあの夜よりも小さくなったように見えた。

「君がまだ私を恨んでいるだろうと思ったから来た。恨まれてもかまわんが、誤解したままでは君のためにならないと思ってな」

「何が誤解だよ」と俺はガラスの向こうにいった。「俺があんたの面会を受ける気になったのは、あんたのコールを聞きたいからだぜ。セーフというコールをな」

すると南波はつらそうに眉《まゆ》を寄せ、一度ゆっくりと瞬《まばた》きしてから改めて俺を見た。

「あれは、アウトだった」

「てめえ……」

「まあ聞け」

南波は右手を広げて顔の前に出した。「あの夜もいったように、たしかに君の手がベースにつくほうが、三塁手が君の肩にタッチするよりも早かった。だから私も、いったんはセーフをコールしようとした」

「なぜしなかったんだ」

「セーフといおうとした瞬間、離れたんだ」

「離れた？」

「君の指がだ」

「あ……」

ずん、という音が耳の奥でした。全身の血が逆流した。「いいかげんなことを……」

「嘘じゃない。君のその左手の指だ。私は今も、ビデオテープのように思い出すことができるよ。一秒の何分の一という短い時間だが、たしかに離れた」

「嘘だ。そんなこと……あるはずがねえ」

「あのとき君は私に何かいおうとした。抗議したかったのだろう。じつは私も君に説明したかった。なぜアウトなのかをね。君が何度も私を振り返りながらベンチに引き上げた場面は、その後も私の心にはりついて離れなかった。開陽高校の芹沢選手。彼に会いたいと思っていた。まさかあんな形で対面するとは、夢にも思わなかったがね。本当はあの夜、話したかった。しかしそれをすると、君がさらに傷つくようでできなかったんだ」

「嘘だ、でたらめだ」

俺は立ち上がり、ガラスを叩いた。「あれはセーフだ。指が離れたなんてことはねえ」

係官が飛んできて、俺を面会室から引っ張り出した。俺は喚《わめ》きつづけた。

だが俺は係官に引かれて長い廊下を歩きながら、そうだったかもしれない、とぼんやり考えていた。三塁ベースにすべりこんだ。セーフだと思った。それでその直後、ふと気を抜いた。指。指はどうだったろう。ちゃんとベースを摑みつづけていただろうか。

俺はいつもそうだからな。

肝心《かんじん》なところで、ふと油断《ゆだん》をして気を抜く。

だから今度も捕まったのだ。

死んだら働けない

1

目をしょぼつかせ、このところすっかり口癖《くちぐせ》になった、「あー眠い眠い」を呪文《じゅもん》のように唱《とな》えながら、俺《おれ》は今朝も工場に向かう畔道《あぜみち》を歩いていた。田舎《いなか》の工場というと野暮《やぼ》ったいイメージがあるが、前方遠くに見える銀色の建物は、地球防衛軍の基地か何かかと思えるほどの巨大建造物で、なるほどこれでは町中での土地確保は不可能だろうなと納得せざるをえない。

周りを見ると、俺と同じように半分眠ったような顔をした二十歳《はたち》前後の男どもが、ぞろぞろ歩いている。この道を通勤に使っているのは、工場から三キロほどのところにある独身寮の寮生がほとんどだった。つまり普段はこの道を通じて、工場と寮を行ったり来たりするだけの生活なのである。それならわざわざ着替える必要もないとばかりに、薄汚ない作業服のまま通勤している奴もけっこういた。

今日は月曜日なのでそういうことはないが、いつもなら反対方向から歩いてくる連中もいる。時差勤務、要するに夜勤をしてきた者たちだ。なかには知った顔もいて、

「よお、終わったのか？」

「おう。おまえはこれからか？」

などと、そんなことお互い見ればわかるだろうと思える、無意味な会話を交わしたりするのだ。

夜勤は月曜の夜から始まり、金曜もしくは土曜の夜に終わる。大抵《たいてい》の職場では、二週間昼勤で一週間夜勤という交替制になっていた。俺の現在の職場もそうだ。じつは俺は先週が、その夜勤だったのである。おまけに土曜出勤まであったので、日曜の朝まで働いて、月曜の朝にはもう出勤という最悪のパターンだった。夜勤明けで眠くても、日曜日には遊ぶ。昨日みたいに女の子とデートしたときには、夜遅くなることだってある。そうすると二日分の睡眠不足を抱えたまま、月曜の朝を迎えることになるのだ。俺が眠い眠いを連発するのには、そうしたわけがあった。

頭がぼんやりしたまま工場に入ると、タイムカードを押し、ロッカー室で油臭《あぶらくさ》い作業服に着替えた。それから電子式燃料噴射インジェクター製造室という、普通の人なら一生知らなくても困らないものを作っている部署に向かった。

だが直接行くわけではない。まずは自動販売機でカップコーヒーを買い、それを持って職場に行くのが日課だ。

ところが自動販売機を置いてある休憩室まで行くと、入口のところに人だかりができていた。うちの職場の班長もいた。班長は眼鏡《めがね》をかけチョビ髭《ひげ》を生《は》やしたおやじで、こういう巨大工場にいるよりも、町工場でソロバンでもはじいていたほうが似合いそうなタイプだ。

どうしたんですかと俺が近づいていって訊《き》くと、班長はおうと返事して、

「ここの入口の戸に鍵《かぎ》がかかっていて、開《あ》かねえんだよ」

と、朝のコーヒーを飲めない不満を顔いっぱいに浮かべた。

「へえ、こんなところに鍵がかかってるなんて珍しいですね。どうしてかな」

「それがよ、中で誰《だれ》か倒れてるらしいんだ」

「えっ、なんでですか」

「なんでって、そんなことこっちが訊きたいよ。おい、開いたらコーヒーを買ってきてくれ」

班長はそういって去ってしまった。

俺は人をかきわけて前に進んだ。入口の戸はガラス張りになっていて、中のようすを見ることができる。休憩室は自動販売機数台とベンチが数脚、それからテレビが一台置いてあるだけの殺風景《さっぷうけい》な部屋だ。俺はガラスに顔をくっつけて中のようすを見た。

なるほど、男が一人、コーラの自動販売機の前で倒れていた。背中をこちらに向けているので、顔はわからない。しかし俺たちが着ているベージュ色の作業服と違って、灰色の職服を着ているところを見ると、製造部の直接労働者ではなさそうだ。

「どうなってんだよ、ちくしょう」

俺の横にいるガラの悪そうな男が喚《わめ》いた。誰も彼も、人が倒れていることよりも、始業前にコーヒーやジュースを飲めるかどうかを心配している模様だった。どんどん人が集まり、騒ぎも大きくなっていた。

「はいはい、どいてどいて」

そこへ元自衛隊とかいう守衛のおっさんがやってきた。おっさんは皆の注目を受けて偉くなったような気にでもなったらしく、やけにもったいをつけて鍵を外《はず》した。戸が開いた途端、どーっと後ろから押された。

俺は何が何だかわからず、気がついたときには一つの自動販売機の前に立っていた。俺はコーヒーが飲みたいのに、目の前にあるのは、

「死んだら働けないぞ」

というキャッチコピーで話題になった栄養ドリンクの販売機だった。げげっと思ったが、休憩室は満杯状態で、今さらコーヒーの列に並び直している余裕はなかった。しか

たがないので、「死んだら――」を買うことにした。

それを飲んでいると、

「近寄らないで。近寄らないで」

さっきの守衛の声がした。見ると、倒れた男のそばに片膝《かたひざ》をつき、顔を覗《のぞ》きこんでいる。やがて守衛は「うわっ」と叫んだ。

「おい誰か、救急車を呼んでくれ。死んでるかもしれん」

えーっというどよめきが起こり、付近にいた従業員たちはいっせいに遠ざかった。それでも列を崩したりせず、並んでいる順番だけはしっかり守っている。

「うわーん、こわいよう」

とかいいながら、ジュースを買っている女子従業員もいた。

俺は、「死んだら――」を飲みながら、おそるおそる倒れている男の顔を覗いてみた。

次の瞬間、口の中のものを吹き出した。

「うわっ、汚ないな。何するんだ」

守衛が怒った。

「ここ、この人うちの係長です」

俺はむせながらいった。

2

子供のころから機械いじりが好きで、将来はエンジニアになろうと決めていた。エンジニアという言葉には、いかにも先駆的な人々という響きがあった。高校生ぐらいになると、さすがにそんな幻想は消え、エンジニアとはただの技術系サラリーマンと理解していたが、それでもその道に進むことに迷いはなかった。

この四月に大学を出て入社したのは、自動車部品にかけては日本でも三本の指に入るというメーカーだった。年間売り上げ二兆円、従業員数四万人というから、これはもうとてつもない大企業である。両親も満足してくれた。

一カ月の教育期間の後、俺たち大卒新入社員約三百名は各部署に配属された。俺は本社の生産設備開発部というところに連れていかれた。ここは要するに、工場の生産設備を作る部署である。そのなかの第二システム課というところが、俺の配属先だ。課長の下に係長が二人、平社員が俺を含めてちょうど十人という、こぢんまりとした部署だった。

俺の面倒を見てくれることになったのは、林田《はやしだ》さんという係長だった。三十代半《なか》ばだろうが、童顔で色が白く、いつもびっくりしたような目をしていた。昔クラスに一人は必ずいた、ウブで勉強好きで赤面症の少年が大人になったら、きっとこんなふうだろうなあと思えるような人だった。

「あのさ、会社でいちばん大切なのはね、信用だよ」

林田さんが最初にいったことは、こういうことだった。「そりゃあね、上司のハンコがあれば誰も文句いわないし、うちの社の名刺を出せば、どこの業者もちやほやしてくれるよ。でもさ、やっぱり自分の名前で仕事をしなくちゃね。いざってときにさ、だめなんだ」

こんなことをいうだけあって、林田さんの信用は部内でも随一だった。

「林田係長はどういってるの？　大丈夫だって？　あっそう。まああの人がそういうんなら、文句はないよ。いいでしょう。それでやりましょう」

先輩社員がどこかの部署の人と打ち合わせをしているとき、このような言葉が相手の口から飛び出すことはしょっちゅうだった。へえ、すごい人なんだなあと俺は感心したが、人の見方というのはいろいろで、必ずしも林田さんの業績が認められているわけではないようだった。その点について、

「石橋を叩《たた》いて渡るっていうのかな、とにかく地道で安全な方法を選ぶ人なんだよな。

いやもちろんそれはよいことなんだよ。でもさ、トップへのアピール力は弱いよな。だから課長なんかは気に入らないみたいだな」

と、ある先輩が教えてくれた。ふうんそんなものかなあと俺は思った。うちの課長というのは、技術屋というより地上げ屋といった雰囲気の持ち主で、

「おうい、そろそろこのへんで一発当てようや」

というのを口癖《くちぐせ》にしていた。

林田さんの後について、いろいろな仕事を見たり、雑用を手伝ったりして一カ月が経《た》ったころ、人事部から不吉な通知が届いた。

大卒新入社員を現場実習に行かせる、という内容だった。本来の業務のためにも新人はぜひ現場を肌で知っておく必要がある。そのためには一般従業員に交《ま》じって働くのが一番、というような能書きがそこには書かれていた。

「インジェクター工場なら、僕もときどき行くよ。現場に顔を売っておくつもりでがんばることだね。それから、とくに身体《からだ》には気をつけて」

来週からいよいよ現場実習という日、林田さんは励ますように俺にいった。実習先の工場は本社から三十キロ近く離れていた。俺たちは実習の期間中、独身寮のそばの季節労働者用の寮に入ることになっていた。

こうして俺の昼勤二週夜勤一週の生活が始まったわけだ。

しかし現場実習も慣れてみると、なかなか楽しいことも多いのだ。班長は面白《おもしろ》いおやじだし、ほかの従業員もまずまずいい人間ばかりだった。なかには、

「しっかり働けよな。どうせ二カ月すりゃあ、後は鉛筆しか持たなくていいんだから」

と露骨《ろこつ》に嫌味《いやみ》をいう者もいたが、そういう奴は皆からも嫌われていたので、とくに気にする必要はなかった。

林田さんは本人もいっているとおり、一週間に一度か二度の割りでこちらの工場に来ているようだった。ときどき俺のところへようすを見に来たりもする。林田さんはほかの生産ラインで、最近導入した設備の調整をしているということだった。

「どう、大変？」

コンベアの前に立って俺が部品の組み付けなんかをしていると、林田さんは辺《あた》りを気にするように腰を屈《かが》めて話しかけてくるのだ。

「まあなんとかやっています」

と俺は手を休めずに答える。休んだら製品が俺の前に溜《た》まってしまうからだ。それを知っている林田さんは、それ以上余計なおしゃべりをすることはなく、

「じゃあがんばって」

とだけ小声でいって立ち去るのだった。

一度昼休みに、林田さんが導入したという設備を見せてもらったことがある。小型部品を自動的に組み立てて、しかも必要な部分には溶接までするというロボットだった。特徴は長いアームで、その動きの細《こま》やかさは人間の腕そのものだった。

「すごいですね。あっという間《ま》に作ってしまう」

三秒おきに小さな部品が生み出されるのを見て、俺は感嘆の声をあげた。

「でもまだ完璧《かんぺき》じゃないんだよ」

電源を切り、林田さんは眉《まゆ》を八時二十分にした。「歩留《ぶど》まりがよくないんだ。溶接機の具合がよくなくてね。あと二カ月もしたら本格的に生産ラインで使わなきゃいけないというのに、まったく頭が痛いよ」

機械のそばに、見慣れない制服を着た男が立っていた。溶接機メーカーの人間だという。ひょろりとした男で、顔色もあまりよくなかった。

「林田さんは厳しいから」

男は多分に嫌味ったらしくいった。業者としては、早いところ合格を貰《もら》って、代金を請求したいのだろう。だが林田さんはきっぱりというのだった。

「この機械を使うのは現場の人たちだからね。その人たちが後で困らないように、今のうちに完璧にしておいてあげないと」

真面目《まじめ》な人だなあと俺は改めて思った。

林田さんとは土曜日の夜にも、売店の前で会った。林田さんは、煎餅《せんべい》を買っていた。休日出勤し、朝からずっと機械の調整をしているという。風邪《かぜ》でもひいているのか、しょっちゅう洟《はな》をかんだり、くしゃみをしたりしながら、煎餅をばりばり食べていた。

休憩室で死んでいたのは、その林田さんだった。

3

警察が来ているらしいという話を聞いたのは、午前十時過ぎに朝の休憩をしているときだった。このときには各職場に設けてある集会所で休むことになる。いつもなら自動販売機で飲み物を買ってくるところだが、今朝の事件のために休憩室は立入り禁止になっていた。

「警察が来てるってことは、脳卒中とかそういうんじゃないわけだ」

班長がトランプを配りながらいう。休憩タイムはトランプタイムでもある。ただし俺は見てるだけだ。ルールはむずかしくないが、賭け金がでかすぎてついていけない。現場の人たちはお金持ちなのである。

「聞いた話だと、頭を殴られてるとか何とかいってたな。少し血も出てたらしい」

ベテラン班員がカードを睨《にら》みながらいう。

「殴られてる？　じゃあ、強盗か何かに襲われたのかねえ」

「かもしれない」

「だけど入口には内側から鍵がしてあったんだろ」

「その代わり窓が開いてた。窓から逃げりゃいい」

「なんだ、そうか。しかしそんな夜中に強盗が入るかね。それより喧嘩《けんか》ってことはないかな。そういう人とは違うのか、川島君《かわしま》」

「全然違います」

俺は答えた。川島というのが、俺の名字《みようじ》なのだ。

死んでいたのが俺の本来の上司ということで、この後も皆盛んに質問を向けてくる。しかし俺にだって何が何だかわからない。頭を殴られてるってことは、殺人事件ということだ。そんなことが身近で起きたことさえ信じられなかった。

やがて休憩が終わり、俺たちは持ち場に戻って作業を再開した。が、三十分ほどしたところで、女子班員の葉子《ようこ》に肩を叩かれた。班長が呼んでいるという。

「警察の人が来てるみたいだよ」

　葉子は安全眼鏡の奥の目を輝かせていった。昨日デートしたのは、この娘《こ》だ。高卒の新入社員で、まだ子供っぽいところがあるが、なんとか本社のエリートを捕《つか》まえようという意気込みに溢《あふ》れていて、俺がGTOに乗っているというと、

「ねえ、ドライブに誘ってよ、どらいぶう」

と、うるさくねだってきたのだ。

　作業を葉子に代わってもらって、俺は班長の席へ行った。なるほど人相のよくないのが二人いる。彼らは県警から来た刑事だった。

　刑事は俺に、最近林田さんとどんな話をしたかだとか、林田さんのようすはどうだったかというようなことを尋《たず》ねた。俺は例の機械のことで、このところずっと忙しかったようだという意味のことを述べた。

「あの、殴られて死んでたって本当ですか」

　相手の質問が一段落したときに訊いてみた。

「殴られたかどうかはわかりませんがね、ここのところにそういう傷跡《きずあと》があるんです」

　片方の刑事が頭の左横、耳の少し上を指さしていった。

「殴られたんじゃなかったとしたら、どういう……」

「転んでどこかにぶつけたとか、いろいろ考えられますからね。ま、これからわれわれが調べますからご心配なく」

刑事は真面目くさった顔で答えてから、

「ところでこれを見たことはありませんか？」

といってセロハンの袋に入った煎餅を取り出した。中にまだ三枚入っている。見覚えはあった。林田さんが土曜日に買ってたものだ。俺はそういった。

「ふうん、そうですか……」

二人の刑事の顔は、釈然《しやくぜん》としていないようすだった。

「あの、これはどこにあったのですか」

「ゴミ箱です。休憩室のゴミ箱に捨ててありました。しかし変だと思いましてね。まだ中身が入っているのに捨てるなんて」

たしかにおかしな話だった。林田さんはああいう性格で、当然のことながら食べ物を粗末にしたりはしない。

「ときに、あなたは、昨日どちらに？」

もう一方の刑事が尋ねてきた。俺は目を見開いた。

「アリバイですか？」

すると二人の刑事は、人相の悪い者同士で顔を見合わせて苦笑した。

「皆さんすぐにその言葉を口になさる。テレビの影響ですな。たいした意味はありません。支障があるなら結構です」

支障があるわけではないので正直に答えた。朝まで仕事で、その後は葉子とデートだ。

刑事は納得《なっとく》して帰っていった。

昼休みに食事を終えてから、林田さんの調整していた機械がどうなっているか見に行ってみた。するとそこに俺より三年先輩の宮下《みやした》さんがいた。

「よう、大変なことになったなあ」

先輩は俺の顔を見て、沈んだ声をかけてきた。テニスをしているそうで、チョコレートみたいに黒い顔をしている。

「びっくりしました。宮下さんはいつからこっちに？」

「ついさっき来たところだ。来るなり、この仕事を引き継ぐように課長からいわれた」

「えっ、じゃあ課長もこちらに？」

「電話連絡があって、今朝一番に一人でこっちへ来ていたはずだ」

「なるほど」

なんでも担当者任せの課長が一人で来たということは、やはり相当あわてたのだろう。

「林田さんは昨日もここへ来てらしたわけですね」

「そうらしいな。そろそろ本格的に生産態勢に入らなきゃならないってのに、相変わらず溶接機の具合がよくないって心配してたからなあ」

「日曜日じゃ、普通の従業員は出勤しませんよね。目撃者とかはいないのかな」

「いや、どうやらいるらしいぜ」

「えっ、そうなんですか」

「保全係が一人だけ休日出勤してたそうなんだ。で、その人が最後に林田さんを見たのは夜の十一時ごろらしい。休憩室に向かって歩いていくのを見てる」

「十一時とは、相変わらず遅いですね」

「それでもタイムカードは十時に押してあるそうだ」

「ははあ」

これは少しも不自然なことではない。残業規制の関係で、先にタイムカードを押し、後は無償残業をしていたのだろう。

「林田さんは一人だったのですか」

「いや、溶接機メーカーの人間が一緒だったという話だ。だけどそのときは林田さんだけだったみたいだな」

「へえ」

「声をかけたらしいが、林田さんは返事せずに行ってしまったということだ。いつも愛《あい》想《そ》のよいあの人にしちゃ、珍しいことだな」

「宮下さん、ずいぶん詳しいですね」

先輩の黒い顔を、感心して眺《なが》めた。

「その保全係の人と、たった今まで話をしてたんだ。刑事に容疑者扱いされたって、怒ってたな」

まあそうだろうな。

「事件が起きたのは、十一時以降ということですね」

「うん。問題は誰に殴られたのかってことだが」

「まだ殴られたとは限らないんでしょ」

「だけどさ、どんな器用な転び方をしたら、頭の横なんかを死ぬほど打つっていうんだ。俺は殴られたんだと思うね。問題は、そんな時間に誰がいたのかということだ」

「機械だって休んでいるときですよね」

あっ……。

なにげなくいった言葉だったが、俺は自分でショックを受けた。宮下さんも同じことを考えたようだ。

俺たちは二人して、林田さんが調整していたロボットの鉄鋼製アームを見た。

4

翌日の夜六時から、林田さんの通夜《つや》が自宅近くの寺で行なわれた。俺は残業を断わって駆けつけた。焼香《しょうこう》を待つ間、前で並んでいるおばさんたちの会話が耳に入った。

「それはもう、よく働く人だったたって話よ」

「まあねえ、働かなきゃ食べていけないわけだけど。有給休暇も全然とらないし、土日も大抵出勤していたっていうんでしょ。ちょっとねえ」

「挙げ句の果てに、会社で死ぬなんてねえ。奥さんも気の毒に」

なるほどそういう見方もあるのだなと俺は複雑な気持ちになった。こっちは会社にいるときの林田さんしか知らないが、当然家に帰れば家族が待っているはずなのだ。

焼香の後、案内されて隣りの部屋に行くと、テーブルの上に寿司やらビールやらが用意されていた。見渡すと、会社関係者と思われる人が大勢いて、林田さんがいかに皆から好かれていたかを物語っているようだった。職場の先輩たちは、いちばん奥に揃《そろ》っていた。

「解剖《かいぼう》の結果が出たらしいんだけどさ」

俺が座ると、宮下さんがさっそく俺の耳に口を近づけてきた。「やっぱり頭の傷は滑《すべ》って転んだとかいうものじゃないらしい。かなり硬い凶器で一撃されてできたものだってさ」

「硬い凶器……」

俺の目に、ロボットのごつごつした腕が浮かんだ。

もしかしたら犯人はロボットじゃないか、つまり林田さんは仕事中に事故に遭《あ》ったのではないかというのが、俺と宮下さんの推測だった。尤《もっと》も、この考えはまだ誰にも話していない。業務中の事故というだけでも大問題なのに、タイムカードを押した後の無償残業中の事故となれば、部署全体の責任が問われるのは明白だった。

ただロボットによる事故と考えても、矛盾《むじゅん》はいくつかあった。まず第一に、宮下さんと調べたことだが、ロボットのアームに血がついていなかった。第二に、現場ではなく休憩室で倒れていたことが腑《ふ》に落ちない。第三に、休憩室の出入口を施錠《せじょう》してあった理由がわからない。

「宮下さん、今日溶接機メーカーの人とは会いましたか」

「会ったよ。向こうにも警察が行ったらしい。林田さんが死んだって聞いて、さすがに驚いたそうだ」

「やはり日曜日も一緒だったんですか」

「ああ、昼間に林田さんから呼び出されて、延々《えんえん》と機械の調整の付き合いをさせられていたらしい。十時過ぎに林田さんとは別れて帰ったということだ。そのときに林田さんもタイムカードを押したようだな。でも、その後も少し仕事をして帰るようなことをいってたってことだ」

あの人ならとくに不思議なことでもない。サービス残業の帝王で、組合からも目をつけられていたという話だ。

「溶接機メーカーの人もアリバイを訊かれたでしょうね」

「らしいな。でも十一時には自分のところの事務所に戻って、ほかの社員とも顔を合わせてるそうだから、まあ問題はないわけだ」

日曜のそんな時間でも事務所に残っている人がいるというのだから、どこの会社も労働環境は似たようなものらしい。

「それにしてもとんだ災難だよなあ。人間の命なんてはかないもんだ」

向かいに座っているトラさんという諢名《あだな》の先輩が、たらふく寿司を食って満足したのか、爪楊枝《つまようじ》で歯をチッチッと掃除していった。諢名はトラさんだが、体形はパンダみたいな人だ。俺は職場の仲間が死んでも、ほとんどいつもと態度が変わらない先輩たちを見て、会社というのは不思議なところだと思った。気の合った者同士が寄り集まったわけではなく、結局のところ強制的に一緒に居させられているという面があるからかもしれない。俺にしても、あんなに世話になった林田さんが死んだというのに、どうせなら事件がもっと複雑になれば面白いのになあなどと不謹慎なことを考えているのだった。

俺たちが尻を上げたころ、課長が現われた。課長は近くにほかの人がいるにもかかわらず、

「よう、やっとるな」

などと、まるで居酒屋で顔を合わせたような声のかけ方をした。俺たちはいったん上げた尻を、また下ろさねばならなくなった。

「今日は参った。全然仕事にならなかったな」

課長は座るなり文句をいいはじめた。本社にも刑事たちが来て、林田さんについて根掘り葉掘り聞いたり、こと細かに調べたりしていったらしいのだ。

「アリバイまで訊かれましたよ」

トラさんが尻馬《しりうま》に乗っていった。「われわれが林田さんをどうにかするとでも思って

いるんですかね」

「俺も昨日、現場で訊かれたぞ。一般市民にアリバイなんてものがあるわけないよなあ」

課長がでかい声でいった。「夜の十時とか十一時とかっていえば、ちょうど家でテレビを見てた時間だ。だけど家族の証言ってのは、だめなんだろ」

「らしいですな」

「じゃあやっぱりだめだ。いやしかし、テレビ番組の内容を覚えているといえば……だめだな。ビデオという手がある」

「日曜の十時から十一時といえば、『天下取り物語』の時間帯ですね」

テレビ通《つう》のトラさんがいうと、課長はぽんと膝《ひざ》を叩いた。

「それなんだ。とくにこの前は最終回でな、夢中で見たぞ」

やれやれと俺はため息をついた。『天下――』というのは、足軽《あしがる》から始まった男が天下取りを目指して出世していくという話で、サラリーマンにはとくに人気のあった番組だ。俺も一回だけ見たが、ドタバタあり、人情あり、お色気ありのワンパターン時代劇で、途中で退屈してしまった。しかし仕事で疲れている男たちには、気楽に見られる格《かっ》好《こう》の番組らしい。あれを見ることだけを楽しみにしている人も多いと、新聞の娯楽欄に書いてあった。

「まあとにかくだ」

課長は紙コップにぬるいビールをがばがばと注《つ》ぎ、白い泡ごと飲みほしてから続けた。

「明日からは林田の分まで、バリバリ働いてくれ。死んだら、働きたくても働けんからなあ」

とても通夜の席でいうようなことではない台詞《せりふ》を課長が吐いたとき、手伝いのおばさんが近寄ってきた。

「あの、警察の方が見えてるんですけど」

「えっ」

二杯めのビールを飲もうとしていた課長の手が止まった。

5

俺と宮下さん、それから課長の三人が、警察の車に乗せられて工場に向かった。前の座席に座っている二人は、先日俺が会った刑事たちだ。

二人の刑事は車の中ではあまりしゃべらず、それがどうにも不気味《ぶきみ》だった。

工場に着くと、例の林田さんの機械が置いてある場所に向かった。俺は宮下さんと顔を見合わせた。ヤバイなあ、と先輩の顔には書いてあった。たぶん俺の顔にも書いてあるはずだ。

「じつはこの機械を動かしてほしいのです。いや正確にいうと、このロボットのアームの部分を動かしてほしいのです」

現場に着くと、年嵩《としかさ》の刑事のほうがいった。五分刈《ごぶが》りの頭に白髪《しらが》の交じっているところが、なんとなく凄《すご》みがある。

「しかし今は就業中ではないので……」

課長が、ごにょごにょいった。

「大丈夫です。このとおり、会社の許可はいただいております」

刑事は背広のポケットから封筒を取り出し、課長に渡した。課長は封筒の中の書類を見た。俺も横から覗きこんだ。たしかに、捜査のために機械を動かすことを許可するという証明書だった。

「納得していただけたようですな」

刑事は不気味に笑った後、すぐ真顔《まがお》に戻った。「ところで今課長さんは、就業中ではないから、とおっしゃいましたね。だから機械を動かせない、と」

「規則でして」

「わかっております。ただこれは率直に答えていただきたいのですが、林田さんという人は、その規則を破るような人でしたか。つまりタイムカードを押した後に、機械を動かしたりすることは、ありえますか」

「ありえません」

「ありえます」

「ありえます」

「えっ、えっ、えっ」

刑事はきょときょとした。三人のうち課長だけが違うことをいったからだ。「どっちです」

「ありえ……ます」

課長もしかたなさそうにいった。「でもいつも私は、それはしてはならんといっておるのです。ところが何といいますか、彼は仕事に熱中するあまりですな――」

「結構です、結構です」

刑事は苦笑して片手を上げた。「私は会社の人間ではありませんから。それではですね、もしそういう就業時間外に機械を動かしていて、なんらかの事故が発生した場合、林田さんならどうされると思いますか」

ああ、やっぱりそうだと俺は思った。刑事はロボット災害だと見抜いているのだ。

「当然それはまあ、届けるのが義務なわけでして……」

課長はしどろもどろになる。建て前を通しながら、刑事の事情聴取を凌《しの》ごうというのだから、土台無理な話だ。

「課長さん」

刑事はあきれた顔をしていった。「私は会社の人間ではないといってるでしょう」

それでも課長はしばらく、「うーっ」と唸《うな》っていたが、やがてふっと肩の力を抜くと、

「事故を隠そうとするでしょうな」

と観念して白状した。よろしい、というように刑事は頷《うなず》いた。

「それでは機械を、いやロボットを動かしていただけますか」

はいと返事して宮下さんが操作した。ロボットの腕がくねくねと自在に動く。

「見事なものですな」

刑事は目を見張った。「私より器用そうだ」

「これはＡＳＹシステムというのを使っています。わが課が開発した独自の技術で雑音にも強く、特許も申請しているわけでして――」

　そこまで流暢《りゅうちょう》にしゃべった後、課長はわれに返った顔をして咳払《せきばら》いをした。設備を褒《ほ》められると、キャッチフレーズが条件反射的に口から出てくる体質らしい。

「はい、結構です」

　刑事はいい、ロボットを止めさせた。

「ええとですね」

　課長が薄くなった頭を掻《か》きながら口を開いた。「たぶん刑事さんは事故のことを示唆《しさ》されておると思うのですが、ご承知のとおり林田君は休憩室で、その倒れていたわけでして……」

「わかっています。だから先ほどお尋ねしたのです。事故に遭ったら林田さんはどうされるだろうかと。隠すだろうというお答えでしたね。事実林田さんはそうしました。事故に遭ったと悟った瞬間、この場から離れることをお考えになったのです。そこで休憩室まで行き、横になる。でも不意に人が入ってきたらまずいので、入口に鍵をかけた」

　なるほど、と俺は思わず手を打った。

「保全係の人が林田さんを見たのは、そのときなんですね。それで呼ばれても返事ができなかったんだ」

「そうでしょうね」

刑事は俺を見て頷いた。

「だけど、それならどうして死んだんですか。歩けたのに……」

課長の疑問に、今まで黙っていた若い刑事が答えた。

「死因は脳内出血ですが、その場合こういうことはよくあるのです。脳震盪《のうしんとう》を起こして気を失い、いったん気がついてからしばらくして死亡するというケースだってあります」

「だから皆さんも頭を打ったときには気をつけてください」

五分刈りの刑事はにこやかにいった。「じつをいいますとね、皆さんが通夜に行っておられる間に、少しこの機械を調べさせてもらったのです。その結果、ロボットの腕の先端に血が付着していたことがわかりました。奇麗《きれい》に拭《ふ》いてはあるのですが、科学的に調べればすぐにわかります」

ルミノール試験とかいうやつだなと俺は思った。

「問題はそれを誰が拭いたか、ですが」

「それはもちろん、林田君でしょう」

「いや、違いますね。それだとおかしいのです」

刑事はまたポケットから何か出してきた。ビニール袋に入ったウエスだった。ウエスというのは、機械清掃専用の雑巾《ぞうきん》のことだ。

「じつはこれには血が付着しており、ロボットを拭いたものと推定できます。これが廃ウエス入れの中にありました」

「だ、だから、林田君が捨てたんだろう」

「いやいや」

刑事は首を振った。「その廃ウエス入れは、月曜の朝に取り替えられたのです。だからその中に入っている以上、ロボットの血を拭いたのは月曜の朝以降ということになる」

課長が沈黙した。俺たちも口を閉ざしたままだ。

「おわかりいただけましたね。だからあなた方三人をお呼びしたのです。関係者のなかで、昨日ロボットを拭くことができたのは、あなた方だけですから」

そういった後、刑事の目が俄《にわか》に険しくなった。「さあ、早く正直にいいなさい」

「すみません」

突然俺の横にいた課長の背が小さくなった、と思ったのは錯覚《さっかく》で、課長は床に膝をついて土下座していた。

「私が拭きました。林田君が頭を怪我《けが》していると聞き、すぐにロボットじゃないかと思って飛んできたんです。で、やっぱり血がついていたので……これが明るみに出たら責任を取らされると思い……すみません、このとおり謝ります」

課長は泣いていた。

いつも威張っている課長のそんな姿を見ていると、気味がいいというよりも、なんだか悲しくなってきた。人はあまり威張ってはいかんのだなあ。

「結構です、頭をお上げになってください」

刑事は課長の肩に手を置いた。「ご安心ください。おそらく責任を取らされることはないと思いますよ」

「えっ？」

課長は涙と埃《ほこり》で真っ黒になった顔を、刑事に向けた。

「じつはね、一つだけ謎《なぞ》があるんです。筋《すじ》の通らないところがね。それはロボットの先端の形です。血がついていた部分の角度をどう変えてみても、林田さんの傷口と一致しないんですよ。先ほど念のために動かしてもらいましたが、先端形状が変化するということもなさそうですしね」

「えっ、すると林田君の傷は……」

「ロボットのせいではないということになりますね」

刑事はにやりと笑った。

6

「ふうん、それでつまり犯人は、溶接機メーカーの人間だったたってことか」

班長はカードを切りながらいった。

「そういうことです」

「へえ、こわいねえ」

あの男――山岡《やまおか》という男は、警察に捕まって全部白状していた。

「ついカッとなって」

というのが動機だった。ついカッとなって林田さんを殺してしまったわけだ。

もちろんカッとなるには、それなりの理由がある。しかしそれは一つではなかった。

さまざまな理由が複合され、衝動的な殺意に変わったのだ。

「いいかげんうんざりしていたんです。林田さんは、それはもう異常といっていいぐらい神経質な性格で、納入した機械に少しでも不具合があると、要求仕様《しよう》と違う、ここをああしろ、そこをこうしろと、際限なく注文を出すんです。もちろん仕事熱心だからなんでしょうが、それに付き合わされてる私の身にもなってください。機械なんてのは、少しは不具合があるのが当然で、完璧なんて無理なんです。ある程度妥協しながら使うものです。皆さんそうなさってます。とくに私はほかの仕事の関係もあって、今年になってから、まだ五日しか休んでないんです。土曜日曜を含めてですよ。ええ、もちろんサービス残業がほとんどです。この前の日曜はたまに休めるかなと思っていたら、またしても林田さんから呼び出しがかかりました。行きましたよ、お客さんですからね。そうして相変わらず、ああしろこうしろと指示の連続です。同じところを何度も何度も何度も、組み立てたり分解したりしましたよ。それでも私は我慢していたんです。そんなふうにして、十時近くになりました。林田さん、今日はこのへんにしようっておっしゃいました。喜びましたよ。というのは、十時から見たいテレビ番組があったからなんです。『天下取り物語』という時代劇です。私はね、あれを見るのが一週間の最大の楽しみなんですよ。しかもあの日は最終回でした。女房に電話して、ビデオにとらせようかとも考えていました。でも休憩室にテレビがあることを思い出して、あそこで見ることにしたんです。林田さんもタイムカードを押して、隣りに来ました。そのこと自体はべつに何てことありません。私はとにかくテレビを見ることに夢中でしたから。ところが番組が始まって五分ぐらいしてから、林田さんがときどき話しかけてくるんです。もちろん仕事のことです。あの機械のこの部分はどうなっているかだとか、こういうデータはあるかだとか。わかるでしょ、刑事さん。こっちはテレビを見たいんです。仕事は終わったんだし、話しかけてほしくないんです。でも林田さんにはそれがわかりません。そのうえ気になることがもう一つありました。あの人は風邪をひいていたらしくて、ずるずるずるずると、しょっちゅう洟《はな》を啜《すす》るんです。うるさくって、番組どころじゃない。いらいらしましたよ。胃が痛くなるくらいにね。もうドラマの筋なんか頭に入ってきません。そのうちにあの人は、さらに私の神経を逆撫《さかな》でしました。ええ、そう煎餅ですよ。煎餅をばりばり食べだしたんです。私はそばに置いてあった工具箱からスパナを抜き取り、思いきり殴りつけました。犯罪だってことはわかってます。でもあのときはそうしたかったんです。ええ、そりゃあもうスッとしましたよ。その瞬間はね。ただし、すぐに怖くなりましたけど」

刑事の話によると、山岡は以上のように供述しているということだった。この後彼は死体をこのままにしておいてはまずいと思い、例の機械の前まで運んだ。そして頭から出ている血をロボットアームの先端に付着させてから、機械の電源を入れ、その場を立ち去った。機械の取り扱いミスで事故死したと見せかけるのが狙いだった。

しかし話はこれで終わらなかった。林田さんが意識を取り戻したのだ。林田さんは周囲を見て、事態を理解した。といっても、間違った方向に理解した可能性が強い。たぶん意識が朦朧《もうろう》としていたのだろう、自分でもロボットに殴られたと錯覚してしまった。勤務時間外に、しかも機械で事故を起こすというのは、技術者としていちばんあってはならないことだった。そこで朦朧とした頭のまま機械を停止させ、休憩室に行った。

鍵をかけたのはやはり、後から誰も入ってこないようにだろう。そしてそこで林田さんは再び気を失い、今度はもう目覚めなかったというわけだ。

なお、煎餅の袋をゴミ箱に捨てたのは山岡だった。

「まあ要するに、あまり働きすぎるなってことかなあ」

トランプをしながら班長はいった。

「ホワイトカラーだとかエンジニアってのは、もうこれでいいっていうところがねえもんなあ。やる気さえありゃあ、いくらでも仕事がある。その点こっちは、ベルトコンベアに物が流れてこなけりゃ、やりたくってもできない。サービス残業なんてのとは無縁だね」

ベテラン班員がいい、周りにいた仲間たちも口々に感想を漏《も》らしはじめた。

「殺したほうがもちろん悪いんだけど、殺されたほうにも問題があるよなあ。仕事熱心は結構だけど、それに夢中で、人の気持ちだとか考えなくなったらおしまいだよ」

「ああ、そうだ、そうだ」

「あんまり頭使いすぎるからだよ。エリートってのはさ、頭使ってないと死んじゃうのかね」

「おまえみたいに使わなすぎるのも困りもんだけどな」

「うるせえな」

「どっちにしても、あんなふうにはなりたくねえな。俺、現場やっててよかったよ」

最後の意見には、一同がうんうんと頷いた。

「まあそういうな。ここにいる川島君だって、いよいよ明日から本社に帰るんだ」

班長がいったので、皆が俺を見た。

「そうか、もう実習は終わりか。早いなあ」

「しっかりやってくれ」

お世話になりました、と俺は立ち上がって頭を下げた。

間もなく残業開始のチャイムが鳴った。全員がぞろぞろと持ち場に向かって歩いていく。しかし俺は寮の片付けなどがあるので、今日はこれで帰っていいことになっていた。

皆がいなくなった後、葉子がそばに寄ってきた。

「またドライブに連れてってね」

「ああ、いいよ」

「それからこれ」

そういって彼女が差し出したのは健康祈願のお守りだった。「過労死とかしないでね」

俺はのけぞった。

「気をつけるよ」

「じゃあね、バイバイ」

彼女は安全眼鏡をかけて、生産ラインに向かった。だが途中で立ち止まると、こちらを向き手を振った。がんばってね、といったのが唇《くちびる》の形でわかった。

まるでこっちが戦争に行くみたいだな。

そう思いながら、俺はお守りを振ったのだった。

甘いはずなのに

1

飛行機はほとんど遅れることなくホノルルに向かっていた。

「新婚旅行ですか」

通路を挟んで隣りの席から話しかけてきたのは、薄い色のスーツをきっちりと着こなした品のよさそうな老人だった。

そうですと私が答えると、彼は白い眉《まゆ》の下の目を細めた。

「よろしいですな。旅行はやっぱり若いときにしておいたほうがいいです」

私は愛想笑《あいそわら》いをした後、

「ご夫婦だけでハワイへ？」

と訊《き》いた。彼の向こうに小柄《こがら》な老婦人が座っているが、ほかに連れがいるふうでもなかったからだ。私の視線に気づいたのか、婦人はこちらを向くとにっこり笑った。

「ええ、ハワイはわれわれのような年寄りにもよいところですからな」

それから老人は少し声をひそめて、「じつは金婚式を兼ねてましてね。かみさんのご機嫌《きげん》をとろうというわけです」といった。

「なるほど」

私は頷《うなず》き、話をそれで打ち切るために尚美《なおみ》のほうを向いた。彼女は本を読んでいたが、われわれのやりとりを聞いていたらしく、目が合うと口許《くちもと》をほころばせた。

ホノルル空港に到着してスーツケースを受けとると、私は尚美を連れてバスでレンタカー会社へ行った。予約してあるので、手続きにそれほど時間はとられない。十五分後には小型のアメリカ車に乗り、出発していた。ここからは完全に二人だけの旅だ。

「直接クィリマに向かうつもりだけれど、どこか見ておきたいところはあるかな」

オアフ島の最北端の地名を私はいった。そこにある総合リゾートホテルに部屋をとってあるのだ。

「いえ、このままホテルに行ってちょうだい。少し疲れたし」

尚美は答えた。

「そうだね。飛行機に何時間も乗っているのは、やはり疲れる」

私はひとつ頷くと、アクセルを踏む右足に軽く力を加えた。

二人とも、ハワイは初めてではなかった。

私は四度めで、尚美は二度めだ。にもかかわらず新婚旅行の行き先に迷わずここを選んだのは、あまり派手にしないでおこうという方向で意見が一致したからだ。

派手にできない理由はいくつかあった。

ひとつはこちらが再婚だということだった。私は現在三十四歳だが、二十六のときに一度結婚している。そのときの妻は、三年前に交通事故死したのだ。

そしてもう一つの理由は、私とその最初の妻との間にできた娘も最近死んだばかりで、まだ心の底から幸福に浸《ひた》れる気分ではないということだった。

じつは今回の結婚では、披露宴らしきものも行なわれなかった。市役所で入籍手続きをしただけで、結婚式すら挙げていないのだ。だが尚美もそれについては不服を感じていないようすだった。最近の若い女性のなかには、家同士の結婚という気配《けはい》を感じさせる結婚式や披露宴を嫌《いや》がる者も多いというから、それほど酷《こく》な話でもないのかもしれない。

だが私は尚美に打ち明けていなかった。彼女との結婚を派手にしたくない理由が、もう一つあったのだ。いや私にとっては、それこそが最大の理由だった。

2

ホテルに着いたのは、昼を少し過ぎたころだった。チェックインには少し早いので、荷物を預けてレストランで軽い昼食をとることになった。

「やっぱりここまで来ると、日本人が少ないわ」

注文を終えた後、周りを見回して尚美が小声でいった。たしかにわれわれ以外に日本人の姿はなかった。

「ゴールデンウィーク明けということで日本人観光客の数自体が少ないのだろうが、どうしてもワイキキへ行ってしまうんだろうな」

「このあたりじゃ、若い人たちの遊ぶところがないものね」

「ホテルにいればゴルフやテニスだけでなく乗馬だってできるけれど、一歩外へ出れば何もないからな」

「ディスコもないんじゃ、日本の若い人たちにはつまらないかもしれないわね」

「若い人、若い人っていうのはやめたらどうだい。君だってまだ二十代だ。充分に若い人のひとりだよ」

「あら、それなら伸彦《のぶひこ》さんだって」

「よしてくれよ」

そういって私が顔をしかめると、尚美は幸せそうにくすくすと笑った。その笑顔を私はかわいいと思った。幸福感がストレートに伝わってくる。彼女と同じ気持ちで今という時を過ごせたらどれほどいいだろう。だがそれはもはや不可能なのだ。

昼食を終えてチェックインをすませると、尚美はさっそく海に入りたいといいだした。

「だって、なんだかもったいないんですもの。いいでしょう？」

米国人たちが優雅にビーチで日光浴をしているのを見て、部屋でじっとしていられなくなったらしい。「もちろんかまわないさ」と私は答えた。

ビーチに出ると、尚美は花柄の水着姿で海に入っていった。私は砂の上に腰を下ろして彼女を眺《なが》めた。かつて水泳をしていたという尚美は見事なフォームで泳ぐ。そして時折りこちらを振り返っては、嬉《うれ》しそうに手を振った。私も手を上げて答え、何回かに一度はカメラのシャッターを押した。

だが私は知っている。このフィルムが現像される日は、おそらく永遠に来ないのだ。

ビーチからホテルに戻り、エレベーターの前で待っていると、

「おや、奇遇ですな」

と声をかけられた。振り返ると飛行機で一緒だった老夫婦が立っていた。ボーイが横にいるところを見ると、今着いたところらしい。

「お二人もこちらでしたか」

私は少し驚いて訊いた。

「そうなんです。市内見物やらなにやらしているうちに、こんな時間になってしまいました。そちらはすでにひと泳ぎされたようですな」

われわれの格好《かっこう》を見て、老人はいった。「ええ、まあ」と私は頷いた。

彼らの部屋はわれわれと同じ階だった。それを老人はひどく喜んだ。

「ご近所というわけですな。そのうちにどちらかの部屋で一杯やりましょう」

彼はグラスを持つしぐさをしたが、それを夫人がたしなめた。

「あなた、この方たちは新婚さんなのよ。お邪魔しちゃ失礼じゃないの」

「いや、かまいませんよ。ぜひやりましょう」

私は儀礼的にいった。しかし尚美が続けていった、「お待ちしていますわ。人数が多いのも楽しいですから」という台詞《せりふ》には幾分本心が含まれているようで、私は気が気でなかった。

この老夫婦とは夕食のときにも顔を合わせた。テーブルが隣り同士だったのだ。二人は先ほどとは別のスーツに身を包んでいた。

「素敵なご夫婦ね。五十年経《た》ってもあんなふうでいられるなんて素晴らしいわ」

尚美が囁《ささや》いてきた。老夫婦は静かに食事をしている。時折り老人が冗談でもいうのか、夫人は上品な笑みを浮かべていた。

われわれのテーブルにもワインが運ばれてきた。

「さて、何に乾杯しようか」

私はキャンドルの向こう側にいる尚美に問いかけてみた。

「もちろん、二人のために」

微笑《ほほえ》みながら尚美はグラスを持ち上げた。私も口許を緩《ゆる》めて彼女とグラスを合わせ、ぐいとワインを喉《のど》に流しこんだ。冷えた液体が胃に入ると、頭の中の何かが覚醒《かくせい》するようだった。幸福感につい押し流されそうになる『何か』が。

迷ってはいけない、彼女との甘い世界に浸ってはいけない——尚美の笑顔をグラス越しに見ながら、私は自分自身にいい聞かせていた。

部屋に戻ってシャワーを浴びると、少し早い時間だが二人はベッドにもぐりこんだ。

尚美は将来についての考えを話しはじめた。子供はなるべく早く作るつもりであること、できれば習い事を始めたいなどだ。

私は曖昧《あいまい》な返事を繰り返していた。

やがて尚美は私の腕の中で寝息をたてはじめた。飛行機の中で充分に眠っていないし、休息する間《ま》もなく海に入ったりしたのだから無理ないかもしれない。私は彼女を起こさぬように気をつけながら、ベッドから抜けだした。

もともと今夜は彼女を抱く意思はなかった。すでに二人には肉体関係がある。新婚旅行の最初の夜とはいえ、さほど特別な意味があるわけでもなかったのだ。

そしてそれ以上に、もう彼女を抱けない理由がある。

私は洗面所に行くと冷たい水で顔を洗い、深呼吸を繰り返してからベッドに戻った。尚美は相変わらず規則正しい寝息をたてている。私は彼女の傍《かたわ》らに腰かけると、両手を静かに彼女の喉元に伸ばしていった。

白い柔らかい肌が指先に触れた。そのままじっとしていると、尚美が薄く目を開いた。彼女はすぐには状況を把握《はあく》できないでいたようだが、やがて不安げに私の目を見た。

「どうしたの?」

彼女の声はかすかに震えていた。私が少し指先に力を入れると、その顔に恐怖の色が滲《にじ》んだ。

「答えてくれ」

私は自分でもぞっとするような低い声でいった。

「宏子《ひろこ》は君が殺したのか」

3

宏子というのが、死んだ娘の名前だった。母親がすぐに死んでしまったので、実質的には私一人で大きくしたといえるだろう。四歳だった。母親に似て、人形のように大きな目をした少女だった。

あれはクリスマス・イブの朝だった。私たちはいつものように朝食をとっていた。ストーブをつけていても身体《からだ》が震えてしまうほど寒い朝だった。

「宏子、早く食べなさい」

私が注意したのは、宏子が椅子《いす》に座ったままで朝食に手をつけようとしないからだ。朝はいつもこうだった。

「もういらない。ねむい」

宏子は顔をこすりながらいうと、椅子にもたれかかって、とろんとした目をした。

「ほら、眠っちゃだめだ。伯母《おば》さんの家に行かなきゃ」

そういって立ち上がると、私は石油ストーブを消した。会社に行く途中、宏子を姉の家に預けていかねばならないのだ。

このとき私はなにげなくストーブのタンクの目盛りに目をやり、そろそろ灯油が切れかけているのを見ていた。

眠たがる宏子の手を引いて居間を出ると、私は彼女を廊下に待たせて階段を下りた。駐車場は地下にあるのだ。

車に乗りこんだところで、私はちょっとした忘れ物に気づいた。その日の仕事で、カセットテープが必要になるのだ。昨日買うつもりだったが、すっかり忘れていた。

私は車を降りると、そのまま外に出た。数分歩いたところに、二十四時間開いているコンビニエンス・ストアがある。そこならカセットテープも置いているはずだった。私は足早に歩きだした。

この行為を最後まで悔やむことになる。

会社に行く途中に、カセットテープを売っている店などいくつでもある。それなのになぜわざわざ歩いて買いに行こうとしたのだろう。しかしそれは自分でもよくわからないのだった。あのときは、たまたまそういう気になったのだとしかいえない。

このコンビニエンス・ストアで、私はトラブルに巻きこまれた。

料金を支払おうとレジの前で並んでいるとき、不意に後ろから頭を殴られたのだ。

何が起こったのか、しばらくわからなかった。激しい痛みに襲われ、思わずその場にうずくまってしまったのだ。頭を触った手を見ると、かなりの量の血がついていた。そのとき私の耳に、「金を出せ、早くしろ」という声が入ってきた。若い男の声だった。それで、どうやら強盗が侵入したらしいと察した。

立ち上がろうとしたが、平衡《へいこう》感覚がどうかなってしまったのか、下半身から崩れてしまった。気を失ったわけではない。人が慌《あわ》ただしく動きまわっているのはわかるのだ。だがどうしても身体に力が入らなかった。

そのままどのくらいそうしていただろう。気がつくと私は担架《たんか》に載《の》せられていた。そして救急車で、近くの病院に運ばれた。

傷はたいしたことがなく、病院に着いたころには自力《じりき》で歩けるようになっていた。それでも治療の後、レントゲンを撮《と》っておこうということになった。私は家に残してきた宏子のことが気になっていたので、レントゲンの結果待ちの間に電話をかけようと思ったが、ここでも思わぬ邪魔が入った。警官がやってきて、話を聞かせてくれというのだ。改めて話すほどのことではないのだが、彼らには彼らなりの手続きというものが必要らしい。

事情を簡単に述べた後、私は犯人たちがどうなったのかを尋《たず》ねてみた。警官の話によると、二人組の犯人は金を奪って逃げる途中で捕《つか》まったらしい。二人とも高校を出たばかりの若者だということだった。

警官たちと別れた後、私は姉の家に電話をかけた。われわれがなかなか来ないので心配しているだろうと思ったのだ。事情を話すと、姉は電話の向こうで驚きの声をあげた。

「心配いらない。たいした怪我ではないんだ」

私はなるべく陽気な調子でいった。

「それならいいけど、とんでもない目に遭《あ》ったものねえ」

それほどの怪我でもないらしいと悟ったか、姉は苦笑さえしているようだった。

「それより頼みがあるんだけど、家へ宏子のようすを見に行ってくれないか。一人きりにしてきてしまったものだから、そっちのほうが不安でね」

「わかった。宏子ちゃんには、お父さんは急用ができたからっていっておけばいいわね」

「ああ、頼むよ」

電話を切り、私はひとまずほっとした。

それから少ししてレントゲンの結果が出た。やはりとくに問題はないようだが、もし少しでも具合が悪くなったらすぐに来てくれと医者はいった。

病院を出る前に、私はもう一度家に電話してみた。驚いたことに、電話に出たのは姉ではなく尚美だった。

「伸彦さん、大変なの。宏子ちゃんが……」

呼吸を乱し、今にも泣き出しそうな声で彼女はいった。

「宏子に何かあったのかい？」

私は大声をあげた。

「宏子ちゃんが倒れて、それで……危険な状態なんです」

「倒れた？　どうして？」

「どうやら一酸化炭素中毒らしいんです。ストーブの火が不完全燃焼していたみたいで」

「ストーブ？」

そんな馬鹿なと思った。出かける前、たしかに火を消したはずなのだ。

「それで、宏子は今どうしてるんだ」

「今お医者さんに診《み》てもらっているところです。おねえさんが付き添われています。お願い、すぐに帰ってきてください」

「わかった、すぐに戻る」

受話器を置くと、私は駆けだしていた。頭に包帯を巻いた男が異様な形相《ぎょうそう》で走っているので、周囲の人々はさぞ奇異に感じたことだろう。

家に帰ると、皆は客間に集まっていた。姉と尚美は泣いていて、医師は暗い表情でじっと座っていた。そして中央では、宏子が寝かされていた。私は事態を察知すると、畳に崩れ落ち、布団の上から愛娘《まなむすめ》を抱いた。自分の声とは思えぬ、まるで犬の遠吠《とおぼ》えのような叫びが、無意識のうちに喉から出ていた。


この夜、私と尚美は居間《いま》にいた。

「あたしが来たとき、宏子ちゃんがここの床に倒れていたんです。部屋じゅうがなんだかむっとしているし、咄嗟《とっさ》に一酸化炭素中毒じゃないかと思って、息を止めたまま窓やドアを開放してまわりました。それからストーブの火も消しました」

尚美は感情を出すまいとしていたのか、淡々《たんたん》とした口調で話した。私も黙って聞いていた。じっくりと彼女の話を聞く時間も心の余裕も、それまでの私にはなかったのだった。

この日の朝に尚美が家に来たのは、今度買おうと思っている家具が寝室に入るかどうかを調べるためだったらしい。そういえば先日、彼女がそんなことをいっていたのを聞いているのだが、私はすっかり忘れていたのだ。彼女にはすでに合鍵《あいかぎ》を渡してあり、いつでも自由に出入りしてくれていいといってあった。

「つまり君が来たとき、ストーブがついていたということか。出かける前、たしかに僕が消したのだが」

その問題のストーブを見つめて私はいった。

「たぶん宏子ちゃんがつけたんじゃないかしら。伸彦さんが戻ってくるのを待っていて、寒くなって……」

「そうだろうな」

私は宏子の行動を想像してみた。いつまでたっても父親が来ないので、居間に戻ってストーブをつけた。いつもは火に近づかせないようにしているが、四歳ともなれば親の動作を覚えていて、ストーブをつけるぐらいのことはできただろう。しかし換気のことまでは考えが及ばない。出かける前なので窓もすべて閉めきってある。ストーブが不完全燃焼を始めるのは時間の問題だ。

そこまで考えたとき、私の中で小さな疑問が生じた。朝、このストーブの灯油タンクを見たとき、ほとんどゼロになっていたように思ったのだが、今は半分近く入っているのだ。誰《だれ》かが入れたのだろうか。しかし尚美も姉も、そんなことはいっていなかった。

釈然《しゃくぜん》としなかったが、自分の見間違いだったのかなと私は思った。

「部屋の空気を入れ換えると、すぐにお医者さまに電話しました。それから間もなくおねえさんがお見えになって……」

「そうか、君にも迷惑をかけたな」

「そんな、迷惑だなんて……」

尚美はうつむいて沈黙した。

「買い物になんか行かなければよかったんだ」

私はテーブルを叩《たた》いた。「カセットテープなんて、どこでだって買えるはずなのに」

「伸彦さんに責任はありませんわ」

尚美は訴えるような目をしていった。「すぐに戻ってくるつもりだったんですもの。悪いのは、その二人組の強盗です」

だがこれには答えず、私は力なくため息をついた。こんなふうに責任の所在を求めたところで、宏子が生きかえるわけではなかった。

近所の主婦から奇妙な話を聞いたのは、事件から十日が過ぎた日のことだった。その主婦はわが家の裏に住んでいる。彼女によると、あの朝尚美が灯油タンクを裏口から運び入れているのを見たというのだ。

「灯油タンクを？　何時ごろですか」

胸騒ぎを覚えながら私は訊いた。たしかに勝手口の横にある小さな物置に、灯油タンクが置いてある。

「何時ごろだったかしらねえ、午前中だったことは覚えているんだけど」

主婦は首を捻《ひね》ってから、「でも事故が起きる前だったことはたしかですよねえ。だってストーブで中毒しているってときに、灯油を注ぎ足すなんてことはしないでしょうから」

「はあ……」

私は困惑した。主婦が嘘《うそ》をついているとは思えない。それに灯油の量が増えていたことについては、私も疑問に感じていたのだ。尚美が足したのなら辻褄《つじつま》が合う。

問題はなぜ彼女がそんなことをしたのか、だ。そしてなぜ彼女はそのことを黙っているのか。

裏の主婦がいうように、事故が起きてからの行動とは思えない。では事故が起きる前に、尚美はわが家に来ていたということなのか。

解《げ》せないことがもう一つあった。わが家は居間はキッチンと繋《つな》がっており、その間をアコーディオンカーテンで仕切れるようになっているが、事故発生時にそのカーテンが閉まっていたと尚美は証言しているのである。この証言を私はおかしいと思った。あの朝カーテンを閉めた覚えなどなかったからだ。宏子が閉めたとも思えない。

しかしカーテンが閉まっていないと辻褄の合わないことがあった。ストーブがついていたと思われる時間や、部屋の広さから考えて、カーテンが開いていれば死亡事故にはならなかっただろうというのが専門家の意見だったのだ。

私の頭の中で、尚美に対する疑惑が広がりはじめていた。尚美は故意に宏子を中毒死させたのではないか、と。

まさか、と私は打ち消そうとした。あの尚美がそんなことをたくらむわけがないではないか。しかしその動機の有無に考えが至ったとき、私の心は微妙に揺れた。

尚美との結婚で、一番の問題点が宏子だった。

まったく不思議なことだが、宏子はどうしても尚美になつこうとしないのだった。尚美は何度も家に来ているし、三人で遊びに行ったり、食事したりもしている。だが宏子はいつまでたっても彼女を『知らない女の人』としか見ていないようだった。もともと人見知りする子だったが、あれだけ一緒にいてまったくなつかないというのは不思議だった。

「宏子ちゃんは前のお母さんのことを覚えているんでしょうか。それであたしに心を開いてくれないのでしょうか」

いつだったか、たまりかねたように尚美が訊いたことがある。私は言下《げんか》に否定した。

「母親が死んだとき、あの子はまだ赤ん坊だったから、まさかそんなことはないと思う」

「じゃあどうしてなんでしょう。何かあたしに悪いところがあるのかしら」

「君はよくやってくれているし、何も悪いところはないよ。そのうちに宏子だってわかるはずさ。もう少し辛抱《しんぼう》してやってくれないか」

「ええ、それはもちろん……」

このようなやりとりを何度か繰り返した覚えがある。そのたびに尚美は納得《なっとく》してくれているふうだったが、はたして本当に納得していたのかどうか。というのも、宏子の態度はますます過剰《かじょう》になっていき、尚美を嫌っているふうに見えることさえあるからだった。四歳の誕生日パーティを家でやろうとしたときなど、宏子は尚美を家に入れまいとしたのだ。尚美は困り果て、結局そのまま帰っていった。

あんな子、いなければいいのに――。

そういう気持ちが尚美の中に芽生えなかっただろうか。それをきっぱりと否定するだけの根拠が、私にはなかった。

当日の行動を推理してみる。尚美がわが家に来た当初の目的は、彼女がいうように部屋のサイズを測るためだったろう。だが彼女は居間で眠っている宏子を見て、恐ろしい考えを抱いた。このまま閉めきった部屋でストーブをつければ、一酸化炭素中毒を起こすのではないか――。

もしかするとそれほど明確な殺意はなかったかもしれない。しかしあわよくば、という気持ちはあったのではないだろうか。犯行と呼べるほど、積極的な行為ではない。ストーブをつけてやること自体には何も問題はないのだ。

尚美はストーブに近づき、火をつけようとした。しかし灯油がないことに気づいた。そこで彼女は灯油を足し、改めて点火した。灯油缶が裏の物置に入っていることを、彼女は知っている。

ストーブが燃えはじめるのを確認すると、居間のドアを閉めきった。さらに事故を確実なものにするため、キッチンとの間のアコーディオンカーテンも閉めた。それからいったん外に出、ある程度時間がたったころを見計らって、改めて訪問した。

予想どおり宏子は居間でぐったりとしていた。尚美は部屋を換気し、ストーブを消してから医者を呼んだ。むろん、手遅れであることを期待してのことだ。

カーテンのことを、彼女は本当はいいたくなかったかもしれない。しかしそれを黙っていれば事故という点に矛盾《むじゅん》が生じると思い、自分が来たときに閉まっていたと証言せざるをえなかったのだ。

尚美に対する疑惑は膨《ふく》らみつづけ、もはや確信に変わっていた。だが警察に訴えるという考えは一度も浮かばなかった。真相は自分の手で明らかにするのだ。

その結果、悪い答えが出たらどうするか。それについても私は心を決めていた。

もしも尚美が宏子を殺したのなら、自分の手で尚美を殺すしかない。


「答えてくれ」

尚美の首を両手で包んだまま、私は問いかけた。「君が宏子を殺したのか」

尚美は悲しげな目で私を見つめていた。口を開く気配がない。

「ストーブに灯油を注ぎ足したのは君だな。なぜそんなことをしたんだ？」

しかし依然として彼女は黙っている。彼女がなんらかの言い訳すら語らない理由が、私にはわからなかった。

「なぜ答えないんだ。黙っているということは、宏子を殺したことを否定できないということなのかい」

彼女はかすかに首を振り、小さく唇《くちびる》を開いた。「……なのに」

「えっ、何といったんだ？」

「新婚旅行……なのに。幸せなはずなのに」

私は自分の頬《ほお》がひきつるのを感じた。

「君がやったのでなければ、すぐにでも続行できるさ。さあ、早く本当のことを話してくれ」

ところが尚美は答えずに目を閉じた。そして胸を大きく波うたせて深呼吸すると、瞼《まぶた》を開かずにいった。

「あたしを殺せるなら……殺してください」

乾いた声だった。

「すると、やはり……」

尚美は沈黙したまま、ゆっくりと息を吐いただけだった。彼女の全身の力が、ゴムボールがしぼむように抜けていった。

「わかった」

私は唾《つば》を飲むと、指先に力を加えていった。

4

翌朝私が一人でレストランにいると、例の老夫婦が横のテーブルについた。どうもこのレストランの従業員には、日本人同士かためておこうという考えがあるらしい。

誰とも話したくない気分だったが、顔を合わせた以上、朝の挨拶《あいさつ》をしないわけにはいかなかった。

「今朝はお一人ですか。奥さまはいかがされました」

老人が尋ねてきた。

「少し気分が悪いとかで、部屋で休んでいます。たいしたことはないようですが」

「それはいけませんわねえ」

夫人が口を開いた。「お疲れになったのでしょう。今日一日ぐらいは、のんびりされたほうがよろしいかもしれませんわ」

「ありがとうございます」

尚美についてこれ以上訊かれるのは嫌だったので、私は軽く頭を下げると食事に専念するふりを見せた。実際には、まったくといっていいほど食欲がなかった。味けない朝食を終えた後、私は部屋には帰らず、そのままビーチに出た。早くも数組の家族連れが、砂浜の上にマットを敷いている。私は彼らから少し離れたところに腰を下ろした。

ぼんやりと海を眺めていると、何年か前にハワイに来たときのことを思い出す。前の妻と来たのだ。あの旅行から帰った直後に妊娠したのだが、その前から彼女は女の子が欲しいといっていた。その願いは叶《かな》い、宏子が生まれたのだったが――。

前の妻が交通事故に遭ったときのことを鮮明に覚えている。知らせを受けて病院に駆けつけたが、とうとう彼女が目を覚ますことはなかった。宏子は何が起こったのかわからないようすだったが、私の涙を見て、わあわあと泣きだしたのだった。その宏子を抱きしめて私は誓った。決してこの子を不幸にはしない、君がこの子に注《そそ》ぐはずだった愛情の分も含めて――。

その宏子を死なせてしまったのだ。

事故ならまだ諦《あきら》めがつかぬこともない。だが人為的なものだとすれば、復讐《ふくしゅう》を果たさざるをえない。たとえ相手が誰であろうとも。

しかし本当に尚美が殺したのだろうか。

私は認めざるをえない。今になって、彼女を疑う気持ちが揺らぎはじめていることを。彼女にそんな恐ろしいことができるはずがないと思いはじめていることを。

尚美は私の会社の後輩だった。明るい性格と、誰にでも優しく接する態度が私の気持ちをひきつけた。この女性なら宏子のよい母親になってくれるのではないかと思った。そして彼女も私に好意を抱いてくれているような感触を得ていた。

だがプロポーズすることを、私はずいぶん長い間迷っていた。彼女は初婚だ。自分のような子持ちと一緒になると、彼女が苦労するのは目に見えている。

それでも意を決して結婚を申し込んだとき、彼女はきっぱりといったのだった。「あたし、きっといいおかあさんになります」と。

あのときの言葉が耳に蘇《よみがえ》る。彼女は口から出まかせをいっているふうではなかった。もちろん、そんな決心が時間とともに風化してしまうというのはよくあることだが、あのとき私は彼女を信じたのだ。

あのときの気持ちが今ごろになって蘇ってきた。馬鹿な。もはや後戻りがきかないというのに。その証拠に、新婚旅行に来たはずなのに、たった一人でビーチにいるではないか。そして頭の隅で、尚美の死体の処分について考えたりもしている。

5

夕方、部屋にいるとノックの音がした。ドアの外に立っていたのは、例の老人だった。

「少しやりませんか。まだ太陽は沈んでませんが」

彼はブランデーのボトルを手に片目をつむった。断わる巧《うま》い理由が見つからず、私は彼を部屋に入れた。

「ええと、奥さんは？」

部屋の中を見回して彼は訊いた。

「ちょっと外に出ています。買い物でもしているのでしょう」

平静を装ったが、口調が不自然になるのが自分でもわかった。

「そうですか。ご気分のほうは、もうよくなられたのですか」

「ええ、おかげさまで」

私はグラスと氷を用意してテーブルの上に置いた。彼は嬉しそうに椅子に座った。

「海外旅行はよくなさるのですか」

二つのグラスにブランデーを注ぎながら彼は尋ねてきた。

「いえ、一年か二年に一度というところです。それも近間《ちかま》ばかりで」

「いや。それでもうらやましいですな。前にもいいましたが、やはり若いうちでないと」

一口舐《な》めてから、彼は部屋の隅に置いてあるスーツケースを指した。「ずいぶん大きなスーツケースですな。これほど大きいのはあまり見たことがない」

「昔、ヨーロッパ旅行用に買ったものです。少し大きすぎて、運びにくいのが欠点です」

そのヨーロッパにも、前の妻と行ったのだった。彼女がこのスーツケースを見ていった台詞を覚えている。「この中に入って、その分航空運賃を節約しようかしら」だ。実際、小柄な人間なら充分入れる。

「ほほう、これだけ大きいと、相当入るでしょうなあ」

老人は近づいていき、じろじろと眺め回した。開けて、中の仕様を見たそうなようすだが、私は黙っていた。

やがて彼はそれを持ち上げようとした。どの程度の重さか調べようとしたのだろう。しかしスーツケースは一ミリも持ち上がらなかった。

「ううむ、じつに重いですな」

彼は少し顔を赤らめて戻ってきた。

「奥さまは部屋ですか」

私が訊くと、彼は苦笑を浮かべた。

「午前中、少々はしゃぎすぎたようですな。頭が痛いとかで寝ております」

「それは心配ですね」

「なあに、じきによくなります。あれの身体のことは、あれ以上によくわかっておりますからな」

そういって老人は楽しそうにグラスを傾けた。

「お子さんはいらっしゃらないのですか」

「おりません。年寄り二人でなんとか生きております」

老人の笑顔はさほど寂しそうでもなかった。寂しがる時代も通り過ぎたということなのだろうか。

私は巨大なスーツケースを見つめながらブランデーを飲んだ。尚美がこの中に荷物をつめていた姿を思い出した。胃袋が下から持ち上げられるような圧迫感がある。

「ひとつ訊いてもいいですか」

グラスを置いて私は老人を見た。「奥さんを……殺さねばならないと思ったことはありますか」

　老人はさほど驚いたようすもなく、スローモーな動きでグラスをテーブルに戻した。そしてしばらく斜め上の空間を見つめていたようだが、私の顔に視線を戻すと口を開いた。

「あります」

「えっ」

「あります。なにしろ五十年ですからな」

　老人はグラスを口にもっていった。そして一口含むと、山羊《やぎ》のように唇を動かしてから飲みこんだ。

「そのようには見えませんね。とても仲がよさそうなのに」

「そうですか。しかしどんなに仲のよい夫婦にも危機は訪れる。いや愛しあっているからこそ、お互いの気持ちがもつれあって、がんじがらめの状態になったりもするのです」

「気持ちがもつれて……」

「相手のことを考えてとった行動が、相手に理解されず、歯車が逆転してしまうわけですな。その歯車を元に戻すのはむずかしい。なぜならそのためには、今度は相手を傷つけねばならないからです」

「歯車ねえ……」

私は吐息《といき》をついた。「単なる誤解が原因なら、いつかはとけるときが来るのでしょうが」

自分たちの場合はそうではないと心の中で続けた。尚美が宏子を殺したのでなければ、なぜ何ひとつ弁明しないのか。

すると私の胸のうちを読んだかのように老人はいった。

「誤解かどうかは、とけてみて初めてわかるものですよ」

私はぎくりとして一瞬返す言葉をなくしたが、

「それはそうでしょうが、永久に判定できないケースもあるでしょうね。判定できないまま、結論を出さざるをえなくなるような場合が」

すると老人は声を出さずに笑った後、

「判定できないときには信用する。それができない者は愚かです」

といって腰を上げた。「さて、そろそろ失礼しますかな」

私は老人を入口まで見送った。彼はこちらを振り返った。

「相手の行動だけを考えていると、なかなか誤解はとけぬものです。そのあたりをぜひご一考ください」

彼の言葉の意味がよくわからず、私は返答に困った。彼はにっこりすると自分でドアを開けて出ていった。

一人になると、私は改めて飲み直すことにした。グラスにはまだブランデーが残っている。

老人の台詞が気になった。相手の行動だけを考えてはいけない——。

どういうことだろう。自分の行動も考えろということだろうか。しかし宏子が死んだとき、私はあの場にはいなかったのだ。考えたくても、考えられない。

強《し》いて考えるとすれば、家を出る前のことか。だが私は自分がストーブを消したことについて、強固な自信を持っている。

私の心が少し揺れたのは、その後の行動を思い返したときだった。今までストーブにばかり気をとられていて、それ以外は意識の外だった。

じつに重要な要素がそこには隠されていた。なぜ今までこのことに気づかなかったのだろう。

私はじっとしていられなくなり、熊のように部屋の中を歩き回った。私にとってこの上もなく恐ろしい推理が、着々とできあがりつつあった。それはすべての疑問を氷解するものだった。

そしてあの老人は、間違いなくそれを教えに来てくれたのだ。

数分後、私は部屋を飛びだしていた。そして廊下を走り、老夫婦の部屋のドアをノックしていた。

「やはりお見えになりましたか」

老人は私を迎え入れてくれた。私は部屋の中を進むと、窓際に置いてある椅子の前で止まった。

「なぜ教えてくれなかったんだ」

私は呻《うめ》くようにいった。「宏子を死なせたのは、僕だったんだろう?」

「あたしには……いえないわ」

尚美は涙を流していた。

6

「昼間、林の中で倒れているのを私たちが見つけたのです」

夫人は尚美の手をとった。彼女の手首には包帯が巻かれている。自殺をはかったのだなと私は察した。

「警察に届けないわけにはいかなかったのですが、それだけは勘弁してくれといわれましてな。その代わりに事情をお聞きしました。娘さんの件、お気の毒に思います。状況からみて、あなたが奥さんに疑いをお持ちになった気持ちもわかります」

老人が横からいった。先ほど彼と話しているうちに、どうやら尚美は彼らの部屋にいるのだなと私は察したのだ。

私は首をふった。

「しかし誤解でした。あなたがおっしゃったように」

「誤解はよくあることです。それよりも昨夜は、よく思いとどまってくださいました」

彼の言葉に、私は恥じ入った。自分がいかに馬鹿なことをしようとしたのかを思い知っていた。

昨夜私は尚美の首を絞《し》めかけたが、結局途中でやめたのだった。だがそれは彼女を信用したからではない。殺人が怖かっただけだ。

「殺さないの？」

行為を中断した後に、逆に尚美が訊いてきた。私は答えなかった。

今朝早く、尚美は一人で部屋を出ていった。一緒にいるのがつらかったのだろう。そのときすでに自殺する気だったのかもしれない。老夫婦に発見してもらえたのは、まさに幸運だった。

「すまなかった」

私は尚美に頭を下げた。「許してもらおうとは思わない。しかしせめて教えてくれ。車のエンジンは君が止めたのか？」

彼女は今もなお迷っているようすだったが、もはや隠しきれないと思ったか、観念したように頷いた。

「ええ、あたしが止めました」

「やはりそうだったか。だが君はそれをカムフラージュするためにストーブを……」

私は目を閉じた。続きが声にならなかった。

すべては私のミスだった。あの朝私はエンジンをかけっぱなしにして家を出たのだ。その理由を今は明確に思い出すことができる。あの朝は異様に寒く、少しエンジンを暖めてから出発したほうがいいと思ったのだ。そしてその間にカセットテープを買ってこようとした。

ところが例のアクシデントがあり、私の帰りは遅くなった。その間に車の排気ガスは、階段を這《は》い上《あ》がって家の廊下に充満しはじめたのだ。そしてそのときたぶん宏子は、廊下で居眠りをしていたのだろう。あの子は朝はいつもそうなのだ。

尚美が家に入ったときの模様を、私は容易に想像することができる。宏子は排気ガスの中で倒れていたのだ。事情を察知した尚美は、私のミスをカムフラージュしようとした。そこでストーブに灯油を注ぎ足し、不完全燃焼が原因で中毒を起こしたという状況を作りだそうとしたのだ。

カーテンの件についてもそうだ。カムフラージュしたことがばれぬよう、彼女が咄嗟《とっさ》に嘘をついたのだ。

なんということだ。私は自分が宏子を死なせたことに気づかず、自分を庇《かば》おうとした尚美を疑っていたのだ。いやそれだけでなく、彼女を殺そうとした。

膝《ひざ》から力が抜けた。私は床に座りこんでいた。

「気のすむようにしてくれ」

私はがっくりと首を折った。涙がぼたぼたと床に落ちた。後悔と自責《じせき》の念で、全身が押しつぶされそうだった。

肩を触れられる感触があった。頭を上げると、尚美がつらそうに眉を寄せていた。

「いえなかったわ、どうしても。あなたが苦しむのを見たくなかったから」

「いってくれればよかったんだ。せめて昨夜にでも」

すると尚美は顔を歪《ゆが》めた。泣き笑いのような表情だった。

「もう殺さないでね」

「尚美……」

「さあてと」

老人が背後でいった。

「四人で食事に行きますか。今夜はわれわれがご馳走《ちそう》しましょう。なにしろ若い二人の再出発の夜ですからな」

尚美に手を差しのべられ、私はふらふらと立ち上がった。

灯台《とうだい》にて

1

部屋の模様替《もようが》えをしていたら古いアルバムが出てきた。いや、出てきたというのは適切じゃない。このアルバムの存在は、いつも私の頭の中にある。どこに隠してあるのかを忘れたことなど一度もない。

書斎机にそれを載《の》せ、慎重に頁《ページ》をめくった。

問題の頁が出てくると私は手を止めた。そこには写真と新聞の切抜き記事が貼《は》ってある。写真に写っているのは、白い灯台《とうだい》だ。

あれからもう十三年になる。この四月で私は三十一になったし、佑介《ゆうすけ》は三十二になったはずだ。

しかしあのことを誰《だれ》かに話すわけにはいかなかった。たとえ今も明瞭《めいりょう》に思い出せる出来事ではあっても、だ。

十三年前の秋、私は十八歳だった。そして佑介は十九歳だった。

同級生なのに佑介のほうが一つ年上なのは、二人の生年月日が原因であって、決して彼が浪人や落第をしているわけではなかった。彼の誕生日は四月二日で、その翌年の四月一日に僕が生まれた。つまり同級生のなかで佑介はいちばん年上であり、僕はいちばん年下だったのだ。

僕と佑介が幼稚園から大学に至るまでまったく同じ学校に通うことになったのには、お互いの家が近所という物理的な理由のほかに、何か超自然的な力が関与しているとしか思えなかった。しかも大学では学部こそ違え、彼が籍を置く社会学部と僕のいる文学部とは学舎を共用しており、結局のところ顔を合わせる回数は高校時代までとたいして変わらなかったのだ。

むろん二人の仲は悪くなかった。一緒に行動することも多かった。しかし親友と呼べるような間柄《あいだがら》でなかったことも、またたしかだ。当時佑介はよく、「俺たちのようなのを、いい関係っていうんだろうな」といっていた。

いい関係。それはある意味では正しく、ある意味では正しくないともいえる。なにしろ僕たちの友人関係は、もつれた糸のように複雑で長い実績や過去によって仲介されていたのだ。

そんな僕たちが旅行に出ることになった。大学一年の秋のことだ。秋といっても夏休みが終わったばかりで、相変わらず何日かに一度は異常な残暑に見舞われていた。元もとは僕一人で旅行するつもりだった。学生時代の思い出を作りたかったし、少しは精神的に逞《たくま》しくなれるのではないかと思ったのだ。

この話をどこで聞きつけてきたのか知らないが、佑介が首を突っこんできた。自分も一緒に行くといい出したのだ。それでは一人旅にならないと僕が難色《なんしょく》を示すと、もちろん行動は別にするという。

「お互い、正反対のルートを辿《たど》るんだ。で、後からどっちが面白《おもしろ》い旅行をしたか、競争しようじゃないか」

「どうしてそんなことをするんだい」

「どうしてってことはないさ。ゲームだよ、ゲーム。かまわないだろ。俺《おれ》も偶然同じ方向に旅行すると思ってくれればいい」

「それはまあ君の旅行を中止させる権利など、僕にはないけどさ」

おかしな話だった。だがなぜ彼がこんなことをいい出したのか、僕にはなんとなく理解できた。たぶん彼は僕が一人旅などというものを思いついたこと自体、あまり面白くないのだ。佑介の人生シナリオの中では、僕は気が弱く、彼の助けがなければ何もできない男を演じつづけることになっているにちがいない。

行き先は東北《とうほく》方面と決めた。周遊券を駆使《くし》して、予定を立てず、できるかぎり多くの場所を回るつもりだった。

時期的に考えて、今ならどこもすいている、というのが僕の読みだった。日本の学生がいくら不勉強だからといっても、前期試験の前ぐらいはおとなしくなるものだ。僕にしても、もし自分にとって極めて重要な単位が、この前期試験の中に含まれていたなら、こんな時期に旅行しようなどとは思いつかなかっただろう。それに自分でいうのもおかしいけれど、日ごろからきちんと講義には出ているし、ノートだってきっちりと取っている。試験前にあわてる必要なんてないのだ。むしろ問題は佑介のほうだと思ったが、自分からこんなことをいい出した以上は、なんらかの解決策があるのだろう。彼にノートをコピーさせてあげたり、試験当日に隣りに座って、彼が見やすいように答案用紙をちょっとずらしてやるといったことをする人間が、社会学部内にもいるのかもしれない。高校時代は、むろんそれらは僕の仕事だった。

別行動ということだったが、最初だけは同じにした。同じ列車に乗って出発したのだ。ただし降りる駅が違う。僕は東北を南から攻めていくつもりだったが、佑介は一気に青森まで行くといった。

「今夜泊まるところは決まっているのかい？」

列車が走りだしてしばらくしてから佑介が訊《き》いてきた。

「今夜だけはね。駅前のビジネスホテルを予約してあるんだ」

するとと彼は鼻からふっと息を出し、小馬鹿《こばか》にしたように笑った。

「一人旅をするのにホテルなんか使うなよ。まあそのへんが、お坊ちゃんの限界だな。俺なんて、全然当てがないんだ。だけど心配してない。いざとなれば駅の待合室でだって寝られるからな」

お坊ちゃんなどといわれて、僕は少しむっとした。

「僕だって明日からは野宿《のじゅく》覚悟さ。その準備もしているし」

「そうかい。でもやめたほうがいいぜ。あれは日ごろ身体《からだ》を鍛《きた》えておかないとつらいからな」

「少しぐらいは平気さ」

「まっ、あまり無理しないことだ。一人旅なんて柄《がら》じゃないんだからさ」

佑介は僕の肩に、ぽんと手を置いた。

それからしばらく僕たちは、大学やサークルの話などをして時間を潰《つぶ》した。「僕たちは」といったが、実際には佑介がほとんど一人でしゃべっているのだった。彼はテニスとスキーの同好会に所属している。そこでのさまざまな出来事がいかに楽しさに満《み》ち溢《あふ》れているかを自慢し、自分が今まさに理想的な大学生活の真《ま》っ只中《ただなか》にいることを、僕に思い知らせようとするのだった。

思い知らせる——本当にそのとおりだ。佑介は僕に思い知らせようとして、今度のことを考えついたにちがいない。彼は僕が自信をつけることを、苦々《にがにが》しく感じているのだ。

僕はいつも自信が持てなかったから。

自信を持てず、いつも人の後ろに隠れていたから。

そしてその人というのはたいてい佑介で、そのために彼は友人に頼りにされる器《うつわ》の大きな青年という役どころを演じることができたから。

いつからこういう関係が成立してしまったのだろうと僕は回想した。やはり幼稚園のときからだろうか。たしかにあのころ僕は、佑介の後ろに隠れてばかりいた。なにしろ僕は皆のなかでいちばん年下で、当然身体も小さかった。それに較《くら》べて佑介は、上級生が一人交じっているのかと思えるほど大きかったのだ。

誰もが佑介に一目《いちもく》置いていた。彼が命令すれば、全員よく鍛えられた兵隊のように忠実に動いた。だがそんなふうに一人が威張れば、当然不満はたまる。皆はその不満を、いちばん弱い者に向けた。つまり僕だ。そこで僕は自分の身を守る必要性から、佑介の後ろにぴったりとくっついていなければならなくなった。そして佑介はそういう状況を、とても気に入っていたようすだった。

こうした関係が、その後も延々《えんえん》と続くのだった。小学生になり、さらに中学に上がってもだ。僕の身体が少しずつ皆に追いつき、逆に佑介の身長がクラスでとくに高いほうでもなくなってからも、この力関係に変化はなかった。佑介はいつもリーダー役で、僕を助手か子分みたいに扱うのだ。馬鹿げたことだが、正直なところ僕もその状態に甘んじていた。彼の後についていれば、いろいろと楽しいこと——不良行為とまではいかないが、実行するのに多少の勇気を必要とする遊びなど——に出会うことができたからだ。

高校生になり、本格的に異性を意識しはじめるようになると、彼は僕を今までとは別の形で利用することにした。それはつまり引立て役だ。僕という男性的魅力に乏《とぼ》しいサンプルを常に脇《わき》に従えることにより、自分の長所がより際立つだろうと考えたのだろう。事実その当時僕は何度か、佑介に連れられて女の子二人組とデートをした。一方の女の子が彼のお目当てなわけで、当然僕はもう片方の女の子の相手をしなければならなかった。その場合僕が相手をする女の子もまた、引立て役という、惨《みじ》めな役目を負わされていたようだった。

だが今落ち着いて考えてみると、彼が僕に引立て役をやらせたのは、単に異性だけを意識してのことではなかったのではないかという気がしてくる。というのは、中学時代まではリーダー役だった佑介も、高校に入ってからはめっきりと精彩《せいさい》を失っていったように思えるからだ。勉強の成績にしても、スポーツにしてもだ。少なくとも誰も彼を怖がらないし、彼の意見を特別に尊重するという雰囲気もなかった。要するに平凡な高校生の一人だったのだ。

そういう事態が、自己顕示欲の強い佑介に耐えられるはずがない。彼は自らの地位の低下を際立たせないために、相対比較の対象をそばに置こうとしたのではないか。それが僕だ。僕が依然として佑介の従臣《じゅうしん》でありつづければ、見かけ上彼は以前の彼と変わらないように見える。少なくとも彼自身は、それまでと同じように優越感を味わいつづけることができるのだ。

列車は山の中を走っていた。

佑介は目を閉じていた。自慢話に疲れたのか、自慢の種が尽きたのかはわからない。その横顔を眺《なが》めていると、気配《けはい》を察したのか目を開けてこちらを見た。

「なんだ、どうかしたか?」

「いや。眠ってたのかい?」

「まあな」

彼は両 瞼《りょうまぶた》を指先で押さえた。「あっという間《ま》に眠っちまったぜ。旅のときはいつもこうだ。どこででも眠れるっていうのが、俺の自慢でね。神経が図太くできているんだろうな」

また自慢か、と僕は不快さを通り越して、苦笑したい気分だった。

「おまえも眠ったのか？」

「いいや、とくに眠くもないんだ」

「そうかい。しかし眠れるときに眠っておくのが、疲れないコツだぜ。といっても無理かな。なにしろおまえは神経質なところがあるからな。今回も睡眠薬持参かい？」

「まあいちおう」

「ふうん、そんなんで大丈夫かねえ」

佑介は片方の頬《ほお》を曲げて笑った。「まあ俺にしても、バーボンという薬を常にリュックに入れてあるけどさ。本物の睡眠薬持参で一人旅とは冴《さ》えないな」

さっそくジャブを放《はな》っているのだ。気にするな、と自分にいい聞かせた。

今回の旅の最大の目的は、僕自身の精神面の強化だが、その裏には佑介との間に成立している十数年に及ぶ力関係を清算したいという願望が含まれていた。自分に自信がつけば、佑介に対して根拠のない劣等感を抱くこともなくなるだろうと考えたのだ。

しかしたぶんそのことが彼には気に入らない。常に優位に立ってきた相手が、自分の支配下から飛び立っていくことを許したくないのだ。だから今度のことを思いついた。彼は旅行の後で僕にこういうつもりだ。同じように旅をしても、自分ならばこんなにも冒険とスリルに満ちた内容にすることができる、それに較べておまえのはとうてい一人旅と呼べる代物《しろもの》ではない、と。そうすれば今までの精神的な立場にヒビが入ることもないと考えているのだろう。

負けてはならないと僕は思った。決してこの旅を、単なる観光地巡りに終わらせてはならない。

上野《うえの》から約五時間、仙台駅《せんだい》に到着した。座席から立ち上がると、リュックサックを担《かつ》いだ。

「じゃあ、行くから」

「ああ、しっかりな」

佑介は軽く右手を上げた。自信たっぷりの顔に、やや底意地の悪そうな表情が滲《にじ》んでいることにはなんとも思わなかったが、通路の途中で振り返ったとき、彼が一瞬不安そうな色を見せたのは意外だった。

仙台で一泊したあと、松島《まつしま》を見て、石巻《いしのまき》まで行った。ほかに泊まるところが見つからなかったからだ。翌日は平泉《ひらいずみ》を通って花巻《はなまき》まで。宮沢賢治《みやざわけんじ》の旧家の近くにある民宿に泊まる。

この夜あたりから焦《あせ》りを覚えはじめた。

やはり単に観光地を回っているだけだということに気づいたからだ。何のハプニングもない。同じように一人旅を楽しんでいる女子大生と知り合いになって、夢のような一夜を過ごすということもないし、地元の人間と親しくなって秘境《ひきょう》を案内してもらうということもなかった。

佑介は今ごろどうしているだろうと、布団《ふとん》の中で宿の天井を見つめながら考えた。彼は女の子に声をかけることに慣れている。それが成功しやすい美形でもある。もしかしたら、今ごろはすでに一人旅ではなくなっているかもしれなかった。そういうことでも当然彼は自慢の種にするだろうし、もしそんな話を聞かされたら、やはり僕は彼の狙いどおりに自信を失ってしまうだろう。

とりあえず明日は日本海《にほんかい》側に行ってみようと思った。日本海の荒海を眺めていると、小さなことに拘《こだわ》るのが馬鹿ばかしくなるというではないか。

もしかしたら自分を変える何かがあるかもしれない。

2

列車で日本海側に出ると、X駅で降りた（X駅としなければならないのには、もちろん理由がある）。そこからバスに乗る。いったい何十年使っているのだといいたくなるような車体で、ほとんどすべての座席はシートが破れていた。舗装《ほそう》もひどくて尻《しり》が痛くなるほど揺れる。僕のほかに乗っているのは、一目で地元の人間とわかる数名と、二人の若い女性旅行者だった。ＯＬという感じだ。佑介なら迷わず声をかけるだろうなと思ったが、僕の場合そう簡単にはいかなかった。相手が二人ではどうしようもないだとか、よく見るとさほど若くもないとか、消極的な考えばかりが頭に浮かぶのだ。そして結局タイミングを逃し、バスは目的地に到着してしまった。

着いたところは日本海に突き出た小さな岬だった。周りを見てもとくに何もない。だだっ広い野原に、灯台がにょきっと立っているだけだ。そしていかにも会社の慰安《いあん》旅行でございますという調子の団体が、疲れた足取りでぶらぶらと歩いていた。

僕は岬の先端まで歩いて海を見下ろした。巨大な岩がごろごろしていて、波しぶきが激しく上がっている。なるほどこれが日本海かと思ったが、期待していたような衝撃も感動も訪れないので、いささかがっかりした。

灯台の前を通ったとき、バスで一緒だった女性二人組が中に入っていくのが見えた。それに誘われて足を踏み入れた。どうせほかに見るべきものもないのだ。

入ってすぐのところに受付窓口のようなものがあって、そこで生意気にも入場料をとっていた。窓口にいたのは、眼鏡《めがね》をかけた三十過ぎぐらいの色の黒い男性だった。つり銭を寄越すとき、その腕が異様に太いのが印象に残った。

螺旋《らせん》階段を上がったが、灯台の上から眺める景色も、予想したとおり格別ダイナミックなものではなかった。ただ遠くがよく見えるという程度だ。それでも反対側にいる女性たちの会話が面白くて、そこに留《とど》まっていたが、彼女たちがいなくなってからは、僕がここにいる意味はなくなってしまった。僕は灯台を一回りしてから下りることにした。こんなところでぐずぐずしている暇はない。考えてみたら、今夜泊まる場所も決まっていないのだ。

階段を下りようと思ったとき、

「一人旅ですか」

と横から声がした。見ると、先ほど窓口にいた男性が、手すりにもたれた格好《かっこう》で僕のほうを見ていた。背が高く、がっしりとした肉体をしていた。白いワイシャツのボタンがはじけそうなほど胸板も厚い。その厚い胸の前に、ごつい双眼鏡《そうがんきょう》をぶら下げていた。

はいと答えると、彼は眼鏡の奥の目を細めた。

「それはうらやましいな。そういうことができるのも、若いうちだけですからね。学生さんでしょう？」

「そうです」

「大学の……」

彼は腕組みをして、僕の足元から頭までをさっと眺めた。「三年生ぐらいかな」

「外《はず》れました。一年です」

「へえ、じゃあ今年の春、受験に合格したというわけだ。それで今年は思いきり遊ぼうというわけですね」

「というよりは、今しかできないことをしておこうと思って」

「なるほど」

彼は自分にもそういう時期があったというように、何度も頷《うなず》いた。

「東北を回っているんですか」

「ええ。東北と、それからできれば北海道にも渡りたいと」

「へえ、そんなに行くんですか。で、どうです。どこか気に入った場所はありましたか」

「そうですね……まあ、いくつかは」

「たとえば？」

「たとえば……」

少し困って顔をそらすと、日本海が目に入った。そこで僕はいった。「たとえばここですね。観光名所として知られてはいないけど、それがかえっていいと思います」

地元の人間に対して、少しばかりお世辞《せじ》をいっておくのも悪くないだろう。はたして彼は嬉《うれ》しそうな顔をした。

「ほう、ここを気に入っていただけましたか。そうなんです。ここは案外穴場なんです。とくにこの灯台から眺める景色は最高です。心を洗われるような思いがします」

彼は日本海に向かって大きく深呼吸をしたあと、僕のほうを振り返った。「どうです。下でコーヒーでも飲みませんか。インスタントですけど」

少しは佑介に話すネタができそうだなと、プラスチックのカップに入れられたインスタントコーヒーを飲みながら僕は思った。地元の人々と親しくなることは、旅の勲章《くんしょう》のような気がする。

灯台守《とうだいも》りの男性は、小泉《こいずみ》と名乗った。一人で勤務しているのだという。

「たった一人で？　ずっとですか」

僕は少し驚いて訊《き》くと、彼は苦笑した。

「ずっとじゃ持ちませんよ。相棒がいるんです。その男と交代でしてね、私は今日の昼から、明後日の午前中まで勤務します」

「それにしても、大変ですね」

僕は室内を見回した。観測室は、六畳ほどのこぢんまりとした部屋だ。さまざまな計器類が置いてあるが、どういった働きをするものなのかは見当もつかない。一台のペンレコーダが作動していて、記録紙に赤と黒と青の線をゆっくりと描いていた。

僕が座っているのは、壁際に置かれたお粗末なソファだった。そして小さなテーブルを挟んで彼が座っている。

「今日は天気がいい。夕焼けを見に行きませんか」

腕時計を見て、彼がいった。僕も自分の時計を見た。五時近くになっていた。

「ここから見る夕焼けは格別なんですよ。君は海に太陽が沈むところを見たことがありますか」

「海に太陽が？　いいえ」

「そうでしょう。太平洋《たいへいよう》側に住んでいる人は、海から太陽が上がるのを見ても、沈むところは見られない。いいものですよ。行きましょう。いい場所があるんです」

灯台守りは両膝《りょうひざ》を叩《たた》いて立ち上がった。

「でもいいんですか。まだ観光客が来るかもしれませんよ」

「平気平気。今日はもう誰も来ませんよ。町から来るバスは、君が乗ってきたのが最終なんです。それにどうせ入場は五時までで、いつもより少しぐらい早く閉めたってかまいません」

「そうですか」

それなら案内してもらうのも悪くないなと思った。秘境とまではいかなくても、地元の人間が「いい場所」と呼ぶところに行ってもみたい。

リュックを担ごうとすると、

「ああ、荷物は置いたままでいいんじゃないかな」

と彼はいった。「岩場を上ったり下りたりするから、身軽なほうがいい」

「でも、ついでにそのままバス停まで行こうと思いますから」

帰りのバスの最終時刻まで、さほど時間がなかった。

「間に合いますよ。間に合うように帰ってくればいい。いざとなれば、最寄りの駅まで私が車でお送りします」

「いえ、なんとか間に合うように帰ってきましょう。じゃあ、カメラだけ」

僕はリュックからカメラを取り出した。そのとき、先ほどからなんとなく心に引っ掛かっているものがあることに気づいた。それは彼の台詞《せりふ》のひとつだ。彼はなぜ僕が最終バスに乗ってきたということを知っているのだろう。

同時に僕は思い出した。灯台の上にいたとき、彼は胸から双眼鏡をぶら下げていた。

「急ぎましょう。せっかくのシャッターチャンスを逃がしたら残念だ」

僕がぼんやりと考えていると、ワイシャツの袖《そで》を下ろしながら彼は急《せ》かせた。

「ええ、今行きます」

カメラを手に、僕は彼の後に続いた。何をおかしなことを考えているんだと自分自身をたしなめた。彼が僕のことをじっと見ていたなんてことが、あるはずがないではないか。

3

小泉氏が急がせたわりには、日の入りまでにはまだ少し時間があるようだった。こんなことならやはりリュックを持ってくるんだったと後悔した。

われわれは右手に海岸を見下ろしながら、雑草がぼうぼうに伸びた原っぱを歩いた。

「この先に奇麗《きれい》な花の咲いているところがあるんですよ」

前方の少し小高くなったところを指差して小泉氏はいった。彼はあまり時間のことを気にしていないようすだ。

小さな丘を越えたが、奇麗な花の咲いているところなんてなかった。それで僕がきょろきょろしていると、

「あそこですよ。ほら、見えるでしょ」

といって彼はさらに前方に人差し指を向けた。すると海に面した斜面の中腹に、白い花が密集しているのが見えた。しかしまだ二百メートルぐらいありそうだ。

「さあ行きましょう」

彼がいったが、僕は顔の前で小さく手を振った。

「いえ、もうここで結構です。時間もあまりないから」

「そうですか。じゃあここから夕焼けを眺めるとしましょう」

彼が草の上に腰を下ろしたので、僕もその横に座った。

「小泉さんは、よくこんなふうに散歩されるのですか」

「しますよ。ここはいいところです。何度歩いても飽きない。季節の移り変わりが、手にとるようにわかるんです。こういうのは、都会にいると味わえないだろうなあ」

「うらやましいですね」

「そうでしょう。君もこの機会に味わっておくといい」

「はい」

僕は頷きながら腕時計を見た。バスの時刻が迫っていた。そろそろ灯台に戻ったほうがいいかなと考えていると、

「今夜の宿は決まっているのかな」

と心中《しんちゅう》を察したように尋《たず》ねてきた。僕は首を振り、だからなるべく早くX駅に戻りたいのだと答えた。

「だったら」と彼はいった。「今夜はここで泊まっていけばどうかな」

「泊まるって……灯台に、ですか?」

そう、と彼は頷いて微笑《ほほえ》んだ。

「臨泊《りんぱく》施設があって、私たちはそこで寝泊まりしているんだよ。二人ぐらいなら、楽々と寝られる。ただしあまり奇麗ではないけどね」

「いや、でも申しわけないな」

「私ならかまわないよ。さっきもいったように、一人っきりでね。むしろ話し相手が欲しいぐらいなんだ」

「ええ、だけど……」

「そうしなさい。なにも金の高い宿に泊まることないさ」

「そうですか。それならお世話になろうかな」

　このとき僕の頭にあったのは、灯台に泊まったという話なら、一人旅のエピソードとして恥ずかしくないのではないかということだった。佑介などは僕のことを、ちゃんとした宿にしか泊まれないお坊ちゃんだと思いこんでいる。

「よし、決まった。となると、夕食のことを考えねばならないね。一緒に何か買いに行こう」

　小泉氏が立ち上がったので、僕は少しあわてた。

「あの、海に沈む夕日は……」

「ああ、そうだった。自分でいい出しておいて、肝心《かんじん》なことを忘れていた」

　彼は苦笑して再び座り直した。

　太陽が日本海に沈んでいくのをじっくりと撮影した後、僕たちは海を背にして歩きだした。道路まで出て、さらに十分ほど歩くと、小さな食料品店が一軒あった。

「旅行したからといって、なにも無理にその土地の名物を探すことなんかないんだ。そんなのは単なる自己満足さ。肝心なのは、どういう空気を吸ったかだよ」

そういいながら小泉氏は、籠《かご》にレトルトカレーやオイルサーディンの缶詰などをほうりこんでいった。こんなところまで来てインスタント食品かと少々うんざりしたが、口に出すわけにもいかない。

食料品店を出ると彼は隣りの酒屋に入り、地酒の一升瓶《いっしょうびん》を二本買った。

「これも何かの縁だ。今夜は飲み明かそうじゃないか。酒はいけるんだろう？」

「ええ、少しなら」

僕は遠慮ぎみに答えておいたが、じつはどういうわけかアルコールには強いのだった。たぶん遺伝的なものだろう。

酒屋を出るときには、早くも先ほどの食料品店が片付けを始めていた。その店だけでなく、周りの家々も戸締まりをしている。薄暗くなった道を歩いているのは、われわれ二人だけだった。

バスの停留所まで辿《たど》りついたとき、僕はなにげなく時刻表を見て足を止めた。X駅行きの臨時バスが残っていることに気づいたからだ。時計を見ると、出発まであと約十五分ある。

「どうしたんだい？」

先を歩いていた小泉氏が、立ち止まって訊いた。

「小泉さん、僕やっぱり行きます。臨時バスがあるみたいだから」

「なんだって？」

彼は戻ってくると、時刻表を見つめ、それから僕を見下ろした。眉間《みけん》に皺《しわ》が刻まれている。「でも、泊まるところがないんだろ？」

「それはなんとかなると思います。大きな駅まで行ければ、ビジネスホテルだってあるだろうし」

「つまらないな」

彼は吐き捨てるようにいった。「そういう旅行はつまらないよ。無駄に金を使うものじゃない。いいから、俺のところに泊まりなさい」

「でも……」

「せっかく食料を買ったんだし、酒だって用意したんだ。俺をがっかりさせないでくれよ。それに学生のくせにホテルで泊まるなんて贅沢《ぜいたく》だ」

小泉氏の声は明らかに怒りを含んでいて、僕はどきりとした。なぜこんなにむきになるのだろうと思った。学生の一人旅と聞いて手助けする気になったのに、その好意を裏切られたように感じたからだろうか。

もしそうなら、やはりその好意は受けるべきかもしれない。

「わかりました。泊まらせていただきます」

「そう。それがいちばんいいんだ」

小泉氏は大きく頷くと、両手に食料と酒を持って再び歩きはじめた。

灯台に帰ると、すぐに夕食にしようということになった。といってもレトルトカレーを温めたり、缶詰を開けて中身をプラスチックの皿に移しかえたりするだけのことだ。とにかくまともな調理器具がほとんどないのだ。僕は果物ナイフを使ってチーズを切ったが、そのナイフにしても刃《は》こぼれがひどかった。

ひととおりの準備を終えると小泉氏がコップを二つ出してきて、地酒をなみなみと注《つ》いだ。

「君の一人旅に乾杯だ」

「ありがとうございます」

僕たちはコップを鳴らした。

一本めの一升瓶は、あっという間に空《から》になった。小泉氏は自分が飲むペースも相当なものだが、僕にもかなり強引に勧めるのだった。

「いや、しかし君はなかなか強いな」

二本めの栓《せん》を開けながら彼はいった。「よく飲んだりするのかい？」

「それほどは。でも飲むのは嫌いじゃないです」

「酒の種類でいうと、何が好きなのかな。ウイスキー？」

「とくに何が好きということはありません。僕の知り合いには、バーボンしか飲まないっていうのもいますけど」

佑介のことだ。

「ふうん。俺は日本酒しか飲まないな。ウイスキーだとかブランデーだとかいうのは、高いばかりで少しも旨《うま》いと思わない」

そういって彼はまた僕のコップに酒を注いだ。

飲みながら僕たちはさまざまな話をした。お互いの身の上話から始まって、文化やスポーツに話題が飛び、今の政治に対する不満などを大声で語りあったりした。ついさっきまでは赤の他人だった相手と、こんなふうに打ち解けているという事実は、今までに味わったことのない緊張と興奮を僕にもたらしていた。

二本めの瓶が半分ほどになったころ、

「ところでさ」

と小泉氏が意味ありげな笑いを唇《くちびる》に滲ませた。目がとろんとしているのは、いよいよアルコールが回ってきた証拠だろう。僕のほうはまだ平気だという自覚があった。

彼は小指を立てて、

「こっちの経験はどうなんだい」

と尋ねてきた。

「ああ、それはまあ、そこそこは……」

「なんだよ、そこそこって。意味深長なことをいうじゃないか。彼女はいるのかい？」

彼は相変わらずにやにやして僕を見た。前歯の間に、先ほど食べたオイルサーディンの皮が挟まっているのが見えた。

「今はいませんけど、高校のときには一人だけ」

「ふうん。なんで別れたんだ？」

「たいした理由じゃないです。彼女の父親が海外勤務になったので、彼女もアメリカの大学に行くことにしたんです。それでまあそれっきり会っていないわけで……」

そこまで話すと、小泉氏はげらげらと笑いだした。

「なんだそれじゃ、振られたようなものだな」

「でも、手紙のやりとりは今でもしています」

「そうかい。でも手紙じゃあな」

彼は自分のコップに酒を注ぐと、一気に半分まで飲んだ。そして口元を手の甲《こう》でぬぐってから続けた。「で、どうだったんだい、その子とは？」

「どうだったって……何がです？」

「とぼけるなよ。やったかってことさ。いただいちゃったのかい？」

「ああ……」

「いただいちゃった」という表現が引っ掛かって、僕は素直に話すのをためらった。僕は彼女を抱くときに、しめしめとほくそ笑んだりしなかった。あれは僕たちの別れの儀式だったのだ。

「ご想像におまかせします」

考えた末、こう答えたが、これではごまかしたことにはならなかった。

「そうか、やっちまったのか」

彼は納得したように何度も首を縦に振った。それから顔を上げると、さらに尋ねてきたのだった。「それが初めてだったのか？」

僕は酒にむせそうになった。

「それもまたご想像におまかせします」

「なんだ、正直に話せよ。男同士じゃないか。ははあ、まだ飲み足りないらしいな。酒をもう一本買っておくんだったなあ」

彼が瓶を傾けたので、僕も反射的にコップを差し出していた。そうしながら僕は、この灯台守りと一緒にいることを、徐々に苦痛に感じはじめていた。

4

灯台に泊まると決まったときから、今夜は風呂を我慢しなければならないなと覚悟していた。せいぜいシャワーがついている程度だろうと思っていたからだ。それだけに小泉氏が風呂の支度《したく》を始めたときには驚いた。

「さっと浴びてくればいい。疲れをとるには風呂が一番だ」

風呂は廊下を挟んだ向かい側にあった。しかし更衣室らしきものはない。そのことを尋ねると、小泉氏は苦笑交じりに答えた。

「いつもは一人っきりなんだから、そんなものは必要ないさ。ここで脱いでいけばいい」

「はあ、じゃあ失礼して……」

僕は観測室内で服を脱ぐと、長椅子の上に畳《たた》んで置いた。そしてリュックから入浴セットを出し、ブリーフ姿で出入口に向かった。

「なんだ、パンツも脱いでいけばいいじゃないか」

後ろから小泉氏が声をかけてきた。

「いえ、風呂で簡単に洗いたいですから」

「それにしたってさ。まあ、いいけど」

「入らせていただきます」

風呂場は思ったよりも狭く、そして暗かった。古いドラム缶を改造したんじゃないかと思うような円筒形の浴槽があって、その手前の数十センチほどの空間が洗い場だった。ゆっくりと風呂につかった後、壁や蛇口《じゃぐち》に腕をぶつけないよう気をつけながら身体を洗っていると、突然後ろのドアが開いた。

「湯加減はどうかな」

小泉氏が訊いてきた。

「ええ、ちょうどよいです」

「それはよかった。背中を流してやろうか」

「いえ、結構です」

「遠慮するなよ」

「そうじゃなくて、もう洗いましたから」

「ふうん」

彼は数秒間黙ったまま僕をじっと見下ろしていた。その目つきが気になって、どうかしたんですかと僕は訊いた。

「いや、なんでもない。寝室の用意をしておくから」

そういって彼はドアを閉めた。

風呂から出ると、もう一度さっきまで着ていた服を身につけた。着替え代わりにスウェットを持っているが、臨泊設備の状況がよくわからなかったからだ。

長椅子に座って本を読んでいると、小泉氏が戻ってきた。

「隣りの部屋が臨泊所になってる。置いてある毛布を適当に使って、先に休んでなさい。俺は風呂に入ってくるから」

「どうもすみません」

本を片付けて隣りの部屋に行くと、三畳ほどのところに何枚もの毛布がびっしりと敷きつめてあった。どの毛布を敷いて、どの毛布をかぶればいいのか全然わからない。適当に身体に巻きつけて横になることにした。

この部屋には窓がなかった。そこで染《し》みだらけの天井を眺めていると、五分ほどして小泉氏が入ってきた。

「もう風呂に入ったんですか。早いですね」

「ああ、汗を流すだけだからな」

彼はランニングシャツにパンツという格好だった。仁王像のように肩や腕の筋肉が盛り上がっている。彼は灯《あか》りを消すと、僕の隣りで横になった。

目を閉じてじっとしていると、うとうとと眠りに入っていくのが自分でもわかった。今ごろになってアルコールが回ってきたようだ。ぼんやりとした頭で、家族のことを考えてみる。父母や妹は、僕がこんなところにいるとは夢にも思っていないだろう。

アメリカに行った恋人のことを考えた。彼女の柔らかい身体を抱いたこと。彼女はおそるおそる僕のペニスに触れて、不思議、と呟《つぶや》いた。そしてめくるめくような快感——。

そこで、はっと目が覚めた。下腹部に異常な感触がある。単にペニスが勃起《ぼっき》しているだけじゃない。

ゆっくりと首を曲げ、何が起こっているのかを確かめようとした。その瞬間、思わず目を剝《む》いた。

いつの間にか、ジーンズのジッパーが下ろされていた。そして硬くなったペニスを、誰かがブリーフの上から触っているのだ。

いや、誰か、なんていう必要はない。ここには僕のほかに一人しかいないのだから。

さらに目をこらすと、僕の腰のすぐ横に彼の頭があるのが見えた。

心臓が早鐘を打ち始めた。身体が凍《こお》りついたように固まっている。

そうだったのか。

僕はこの灯台守りの狙いを、今初めて知った。考えてみれば、彼が見ず知らずの学生に親切にする理由など、どこにもないはずなのだ。彼はやはり双眼鏡で見ていたにちがいない。バスから降りてくる乗客の一人一人を。そして探していたのだ。自分好みの若い男を。

全身から汗が吹き出した。どうすればいいだろうかと考えた。迂闊《うかつ》に暴れたりするのは禁物《きんもつ》だと思った。騒げば、彼は力でねじ伏せようとするだろう。このゴリラのような筋肉の持ち主と、とっくみあいをして勝てるとは思えなかった。

ブリーフに指をかけられる気配があった。ペニスはすでに空気の抜けた風船みたいにしぼんでいる。

これ以上ぐずぐずしてはいられなかった。僕はむにゃむにゃと不明瞭な声を発すると、寝ぼけたふりをして身体を彼とは反対側に捩《ねじ》った。彼も少し驚いたのだろう。びくっと手を引っこめた。

壁のほうを向くと、僕は息を殺した。彼が今度どういう行動に出るのか予期できず、不安と恐怖が頭の中で渦巻いていた。とくに彼に背中を向けているということが、僕を憂鬱《ゆううつ》にさせていた。今にもジーンズを下ろされ、ブリーフを脱がされるのではないかと気が気でなかった。できればジーンズのジッパーだけでも元に戻しておきたかったが、それをすれば僕が目を覚ましていることを気づかれてしまう。僕にとっての唯一の救いは、彼がまだ力ずくで欲望を満たそうとはせず、獲物がおとなしく熟睡するのを待ちつづけてくれていることだった。

何も策が思いつかぬままじっとしていると、ついに彼が動きだした。僕の腰に手を伸ばしてきたのだ。そしてゆっくりと撫でまわしている。この行為には、僕が眠りこんでいるかどうかを確かめるという意味もこめられているはずだった。つまり、これ以上おとなしくしているわけにはいかないのだ。

僕は意を決すると、うーんと唸《うな》り声《ごえ》をあげながら再び寝返りをうった。またしても彼の手は引っこめられた。それを確認してから、僕は空咳《からぜき》をひとつして、上半身をわざとだるそうに起こした。そしていかにも熟睡していたのを起こされたように、顔をごしごしこすってから大きな欠伸《あくび》をした。彼は彼で、うつぶせのまま狸寝入《たぬきねい》りをしている。

僕は急ぎすぎないよう気をつけながら、四つん這いでドアのところまで行った。スニーカーの踵《かかと》を踏んだまま外に出ると、すぐ向かいのトイレのドアを開けた。しかしもちろん小便などをしている暇はない。灯りだけつけてドアを閉めると、物音をたてないように観測室に入った。

荷物をここに置いておいたのは正解だった。僕はスニーカーを履《は》き直《なお》し、ジーンズのジッパーを上げると、アルミサッシの窓を開け、まずリュックを外に出してから自分も窓枠を乗り越えた。

しかし脱出はまだこれからだった。建物の周りには、コンクリートの二メートルほどの塀が巡らされていたからだ。門扉《もんぴ》にしても、同じぐらいの高さがある。僕はリュックを担いだまま、死にものぐるいでそれを乗り越えた。

今にも奴が追ってくるような気がした。門扉から飛びおりると、僕は無我夢中で駆けだした。街灯などはなく月明かりだけが頼りだが、暗闇は自分の姿も隠してくれるはずで心強かった。例の、「灯台もと暗し」という格言に感謝した。

その夜は結局、バス停から少し離れた草叢《くさむら》で寝袋に入って眠った。停留所は屋根付きだしベンチもあるのだが、もし彼が追ってきた場合、すぐに発見されそうで怖かったのだ。

　夜が明けると、早々《そうそう》に始発のバスがやってきた。僕は眠い目をこすりながら乗りこんだ。とうとう一睡もできなかった。眠りかけると、あの男が追ってくる夢を見て、飛びあがってしまうのだ。

　バスの窓から外を眺め、もう二度と来るものかと呟いた。

　X駅に着くと電車に乗り、佑介と約束した駅まで行った。待ち合わせの喫茶店はすぐ見つかり、僕は彼が来るまでの間、昨夜のことをどう話そうかと考えていた。この異様な体験には、さすがの彼も驚くだろう。

　約束の時刻よりも約三十分遅れて佑介は現われた。しかし彼はそのことを謝りもせず、席につくなり、

「昨夜は最高だったぜ」

　と、にやつきながら煙草《たばこ》を取り出した。

「遠野《とおの》で引っ掛けた女がさ、盛岡《もりおか》で一人暮らしをしているコンパニオンだったんだ。で、昨夜はその女の部屋に泊めてもらったというわけ。これがまたいい女でさ、年は俺よりも一つ上なだけだが、妙に熟《う》れてるんだ」

「へえ……」

「いやまったく、一人旅はこういうことがあるから楽しいよな。ところでおまえのほうはどうだい？　少しはハプニングらしきものはあったかい」

「うん、まあ少し」

そういった瞬間、僕の頭にひとつの考えが閃《ひらめ》いた。それは悪戯《いたずら》と呼ぶには悪意に満ちすぎていたが、僕の心を捉《とら》えて放さなかった。

「なんだよ。どんなことがあったんだ」

「ええと、例えば中尊寺《ちゅうそんじ》でのことだけど――」

僕は一昨日までのことを話した。佑介は途中で失笑を浮かべた。

「予想どおり、お上品な旅だねえ。少しは冒険したらどうなんだ」

「なかなか機会がないんだよ。ああ、でも昨夜は惜しいことをしたと思うよ。本当はちょっと変わったところに泊まれたかもしれなかったんだ」

「ちょっと変わったところ？」

「灯台だよ」

僕はあの小さな岬に行ったことを佑介に話した。しかし昨夜はＸ駅の宿で泊まったことにした。

「その宿でほかの旅行客から聞いたんだけど、交渉次第じゃ、そこの灯台で泊めてくれるらしいんだ。もちろん食費も宿賃もとらない。ただし、今まで交渉に成功した人間は少ないらしいけどね。東北を一人旅する人の間じゃ、ちょっとした伝説の地らしいよ」

「へえ、面白いな」

狙いどおり、佑介は関心を示した。「じゃあ、今日はそこに行ってみるか」

「大丈夫かい？　灯台守りは、かなり怖そうな人だって聞いたけど」

「平気だよ。おまえと一緒にするな」

佑介は唇を歪《ゆが》めて笑った。

5

彼と別れた後、僕は青森まで北上した。そして恐山《おそれざん》まで行き、再び青森に戻ってきてビジネスホテルにチェックインした。バスルームでシャワーを浴びながら、今ごろはあの灯台で酒盛《さかも》りが始まっているであろうことを想像した。

灯台守りは、今夜もあの地酒を買うにちがいなかった。一方の佑介はバーボンだ。彼のことだからロックで、がんがん飲んでいることだろう。

佑介もアルコールには強い。普通なら、昨夜の僕と同様、少々のことでは酔いつぶれたりはしない。

しかし今夜は違うはずだった。

朝彼と会ったとき、僕は仕掛けを施《ほどこ》しておいたのだ。彼がトイレに行った際に、彼のリュックからバーボンの瓶を見つけだし、僕が常に携帯している睡眠薬をほうりこんでおいたのだ。

だから今夜ばかりは、さすがの彼もぶっ倒れるだろう。

そして何が起こるか——。

翌日はバスを使って八甲田山《はっこうださん》を越え、奥入瀬《おいらせ》で下りて十和田湖《とわだこ》まで歩いた。同じように渓流に沿って歩いている学生風の若者たちが多い。十和田湖を遊覧船で渡ると、そこから再びバスに乗って十和田南《とわだみなみ》に出、花輪《はなわ》線で盛岡に着いた。

盛岡では蕎麦《そば》屋を兼ねた旅館に泊まった。わんこ蕎麦に挑戦。七十二杯でギブアップした。

はちきれそうな腹を抱えて部屋に戻ると、テレビのスイッチを入れた。ぼんやりとニュースを眺めていたが、やがて飛びあがるほどの衝撃に出くわすことになった。

これが十三年前の出来事の概要である。

ニュースで事件を知った私は、翌朝急いで新聞を買いに行った。そして記事の部分を丁寧に切りとると、東北のガイドブックの間に挟んでおいた。

その切り抜きが、現在このアルバムに貼ってあるのだ。

これを見た者は、私のほかには佑介しかいない。あの旅行から帰った後、二人で見せあいをしたのだ。

彼のアルバムは、彼の道程があの小さな岬で途切れていることを如実《にょじつ》に示していた。そして私のアルバムを見たときの彼の表情を、私は忘れられない。

この新聞記事を貼ってあることについて、彼は何もいわなかった。これは何だと訊きもしなかった。

私も何もいわなかった。

おそらく二人がこのことについて語り合うときはないだろう。それでいいのだ。

私はアルバムを閉じる前に、もう一度古い新聞記事を読み直した。記事は小さな岬の灯台守りが刺殺されたことを報じていた。

凶器は果物ナイフ。ここには書いていないが、おそらくあの刃こぼれしたナイフだ。

死亡推定時刻は早朝の五時から八時。被害者は臨泊室で寝ているところを殺された模様。争った形跡はない。

そして臨泊室の毛布には、被害者のものと思われる精液が付着していた。灯台守りが射精したという事実が、私には興味深かった。しかしそのことについて佑介に尋ねることも、決してないはずである。

私は静かにアルバムを閉じた。今度開くのはさらに十年先か二十年先か。いずれにせよ、私と佑介の「いい関係」は続いているはずだ。

結婚報告

1

山下典子《やましたのりこ》さんなんて知らないなあと思いながら、智美《ともみ》は紺地《こんじ》に花模様の入った封筒を開いたが、小さく丸こい字が便箋《びんせん》にびっしりと書き連ねられているのを見て、

——えっ、もしかしてあの典子？

と、少し焦《あせ》った気分で読みだした。

それはやっぱりあの典子、長谷川《はせがわ》典子から来た手紙だった。

『智美ちゃん、お久しぶりです。元気ですか？　ながーい間みんなに心配をかけてきたけど、このたびやっとお嫁に行くことができました。思えば山あり谷あり落とし穴ありで、私も遠回りしてきたものです。

こんな三十歳手前の崖《がけ》っぷちの私を救ってくれたのは、山下昌章《まさあき》という新潟出身の一つ上の男性でした。同じ会社に勤めていたので、いわゆる職場結婚というやつです。

智美ちゃんも知っていると思うけど、私の理想は目元が涼しげで鼻筋《はなすじ》が通っていて口

元は上品で、顔の色は日にこんがりと焼けてクッキー色で、だけどニキビとか変なものはできてないスベスベお肌で、肩がガッチリしていて、お尻《しり》が小さくてキュッとしまった、背の高いいかにもスポーツマンタイプということだったけど、山下昌章君はこれらの条件の一割すら満たしていません。友達に紹介すると決まって、「やさしそうな人ね」っていわれます。でも身体《からだ》は丈夫で、働きものなので、夫としてはマルかなと思っています。ただ蝶《ちょう》を集めるという、私には理解不能の趣味を持っているのが頭痛のタネです。2DKの狭い部屋が、気色《きしょく》の悪い標本ケースに占領されています。なかにはどう見ても蛾《が》にしか見えないのもあります。先日も、生活が苦しいんだから、こういう趣味はほどほどにしてねとクギを刺しました。ホント、こっちもなかなか物価が高いのよ。

智美ちゃんはいかがお過ごしですか。きっとマイペースでキャリアウーマンをしているんだろうね。忙しいと思うけど、もしこっちに来ることがあれば寄ってください。』

追伸《ついしん》として、お金がもったいないので結婚式はやりませんでした。彼との写真を同封します、とあった。

――ふん、何がマイペースでキャリアウーマンよ。つまりは売れ残ってるってことをいいたいわけね。

文面を二度読んでから、智美は心の中で憎まれ口を叩《たた》いた。とはいえ心底不快になっているわけではない。こういうやりとりを、学生時代によく典子と交わしたのだった。

彼女とは東京の短大で一緒だった。智美は埼玉の実家から約一時間半かけて通学していたが、典子は石川県の出身で下宿していた。それで都心で遊んでいて遅くなったときなど、よく彼女の部屋に泊めてもらったものだ。

卒業後、智美は小さな出版社で働くことになり、東京で一人暮らしを始めたが、典子は実家に帰ってしまったのだった。東京で生活するのが大変だということはよくわかったし、やはり両親のそばにいてやりたいというのがその理由だった。就職先は、彼女の父親が勤めている会社にしたらしい。

最後に会ったのはいつだったかなと智美は考えてみた。三年ほど前に何かの用事で典子が上京したとき、友達数人と会ったことを思い出した。あのときまだ結婚していなかったのは、智美と典子だけだった。結婚した友人のなかには、すでに二人の子供を産んだ者もいた。そのせいだろう、智美は典子とばかり話していた。ほかの友人の話は、概《おおむ》ね夫や子供の自慢話で、あまり面白《おもしろ》くなかったのだ。

その典子も、とうとう結婚したという。

――やれやれ、ついに来《き》たるべき時が来たか。

ため息をつきながら封筒の中を見た。写真が一枚入っている。手紙ではいろいろ書いているが、案外いい男かもしれないと少し不安を感じながら取り出した。写真には二人の男女が写っている。男性のほうは、いわゆるハンサムではないが、長身だし、目を細めて笑った顔は人なつっこい印象を与える。

――まあまあじゃないの、典子。

そう思って女性のほうに視線を移したとき、

「あれえ」

と思わず声に出していた。「どうなってるの、これ」

そこに写っているのは典子ではなかった。背格好《せかっこう》や長い髪は似ているが、顔はまったくの別人だった。

――どういうことよ？

智美は写真に目を近づけた。写っている顔はそれほど小さくない。男女の上半身が並んでいるのだ。バックに見えるのは金沢城《かなざわじょう》か。

――違うわ、典子じゃない。あの子、いったいどういう写真を送ってきたのよ。

智美は手紙と写真を前に考えこんだが、うまい説明は思いつかなかった。うっかり別の写真を入れたのかなとも思ったが、いくらなんでもそんなミスをするだろうか。典子は学生時代から、どちらかといえば慎重なタイプだった。

考えれば考えるほど気になってきて、智美はたまらずコードレス電話を手にした。時刻は夜の十時、まだ失礼な時間帯でもないだろう。

手紙の末尾に書いてある番号を押し、繋《つな》がるのを待ったが、ふと、

――もしかして、整形したとか……。

という考えが頭に浮かんだ。もしそうだとすると、あまり問いつめるのはかわいそうだという気もする。

しかし、と智美は思い直した。典子はそんな整形が必要な顔だちじゃなかった。どちらかといえば美人の部類に入るだろう。それに典子の顔をどのようにしてみても、この写真の女性になるとは思えなかった。

コールサインが二度三度と鳴っている。智美は典子の明るい声が飛びこんでくるのを予想して待ったが、いつまで経《た》っても繋《つな》がらなかった。

――留守か。

留守番電話ぐらい買えばいいのにと思いながら、智美は電話を切った。

翌日も智美は会社から帰ってから典子の家に電話した。しかし昨日同様、コールサインが鳴りつづけているだけだ。

それから二日続けて、智美は昼間にこっそりと会社の電話を使ってかけた。夜はどこかに出かけているのかもしれないと思ったからだ。

だが相変わらず、向こうの電話には誰《だれ》も出なかった。

さすがに少し心配になった。電話に出ないぐらいなら何とでも解釈できるが、写真のことが、とにかく不可解で気味悪かった。

典子の実家に連絡できればいちばんいいのだが、残念ながら住所も電話番号も知らなかった。

——さてと、困ったぞ、どうしよう？

智美は手紙を読み直した。『もしこっちに来ることがあれば寄ってください』という一文が目に留まった。

——こうなったら行くしかないか。あまりぱっとしない季節だけど。

壁のカレンダーを見た。九月二十二日、明日は金曜日だった。

2

羽田《はねだ》から小松《こまつ》空港まで約一時間、小松《こまつ》駅から金沢までは電車で約三十分だった。案外便利で一人旅には最適なのよね、と智美は一人で納得《なっとく》する。学生時代にも、一人で来たことがあったのだ。あのときは行く先々で若い男から声をかけられたものだった。「どこから来たの？」とか「おひとりですか」といったなにげないふりを装ったものから、「一緒に回らない？」だとか「車に乗せたげるよ」といったストレートなパターンまでいろいろあった。思わず吹き出したのは、「五木寛之《いつきひろゆき》が通ってた喫茶店を知ってるんだけど、連れていったげようか」というものだった。早大生《そうだいせい》じゃあるまいし、五木寛之をありがたがってどうすんのよといいたいのをこらえて、「あたし、興味ないから」といって断わった。あんたにも興味がないという意味だった。その男の情けない顔は、今もぼんやりと覚えている。

金沢駅に着いたとき、時計は十時過ぎを指していた。本当なら原稿を取りに行ってる時間だなと智美は思った。昨夜遅く社長の自宅に電話して、休暇を申し出たのだった。禿《は》げ頭の社長は会社以外の場所で若い女と話せるのがうれしいのか、妙にハイ状態で、「よっしゃ、よっしゃ」と認めてくれた。社長は関西出身である。

ホテルをチェックインするには早すぎるので、荷物はコインロッカーにほうりこんでタクシー乗り場に向かった。手紙の住所を見せて、「ここに行きたいんですけど」というと、「玄光院《げんこういん》のそばですね」と運転手は答えた。よくわからなかったが、「だと思います」と智美はいった。

奇麗《きれい》に舗装《ほそう》された道が続く。道路の両側には高層ビルが立ち並んでいるし、舗道を歩いている人の姿を見ても、東京とあまり変わらなかった。ただしこの幹線道路から一歩中へ入れば、神社や武家屋敷といった名所に出会えるはずだった。ここまで来たのだからひととおり見て帰るつもりだが、まずは典子のことを片付けるのが先決だ。

犀川《さいかわ》を通り、坂道の多い狭い道をくねくねと数分走ったところでタクシーはスピードを緩《ゆる》めた。

「このあたりですけどねえ」

「じゃあ、ここでいいです」

車を降りると、智美は周囲を見回した。古い木造家屋が並んでいる。中年のおばさんが家の前で洗濯ものを干していたので、智美は愛想笑《あいそわら》いを作って近づいていった。

おばさんの説明は下手《へた》くそだったが、なんとか目的のアパートは見つかった。二階建てで、各階に四部屋ずつある。新築らしく壁の白さがまぶしいが、周囲を伝統的日本家屋に取り囲まれているので、なんとなく浮いて見えた。

二階のいちばん端が典子たちの部屋だ。「山下昌章　典子」という表札が出ている。

智美はインターホンのボタンを押した。ピンポーンという音がドアの向こうから聞こえてくる。二度鳴らしたが、返事はなかった。

——やっぱり留守《るす》か。

智美は新聞受けを調べた。たまっていないところを見ると、留守にすることを新聞屋には連絡してあるということか。いや新婚だから、まだ契約していないとも考えられる。

どうしようかなと思っていると、階段を誰かが上がってくる気配《けはい》がした。濃紺の背広をきっちりと着こなした、痩《や》せた男が姿を見せた。髪もぴっちりと分け、ひと昔前の銀行マンといったタイプだ。

男は智美をちらりと見た後、典子たちの隣りの部屋のドアに鍵《かぎ》を差し込んだ。

「あの」

智美は声をかけた。ドアを開きかけていた男は、ノブを握ったまま彼女を見た。

「なんですか」

「こちらにお住まいの方ですか」

「そうですけど」

男の目に警戒の色が宿《やど》ったが、智美はひるまずに訊《き》いた。

「こちらのご夫妻、どこに行かれたかご存じないですか」

「さあ、知りませんね」

ぶっきらぼうに答える。それでも智美はかまわず、

「ご夫妻とお会いになったことはありますか」

と質問した。男は右の頰《ほお》をぴくりと動かした。

「それはまあ、引っ越しの挨拶《あいさつ》に見えましたから」

「この方たちですか」

智美は例の写真をバッグから出して男に見せた。彼は写真を手に取って一瞥《いちべつ》すると、

「ええ、そうですよ」

と答えた。智美は頭がくらっとなるのをこらえた。

「よく見てください。この女性じゃないんじゃないですか」

「あなた、何がいいたいんです」

さすがに男の表情が険しくなった。

「いえ、あの……いいんです。ごめんなさい」

男は部屋に入ると、乱暴にドアを閉めた。

――えーっ、どうなってんのよ、これ。典子、あんたいったい何をしたのさ。

呆然《ぼうぜん》としたまま智美は階段を下りた。そのとき彼女の目に留まったのは「入居者募集中　河原不動産《かわはらふどうさん》TEL×××」と書かれた看板だった。

3

不動産屋は犀川に面した通りにあった。ガラス戸に物件の紹介記事がベタベタ貼られているのはどこも同じである。

友人を訪ねてきたが留守らしい、ほかに連絡先を知らないので教えてほしいと智美がいうと、眼鏡《めがね》をかけた中年の主人が気の毒がって調べてくれた。たぶん簡単に人に教えてはならないきまりのはずだが、暇だったらしく、思いのほか親切だった。

山下昌章の勤め先と、保証人になっている典子の父親の住所が判明した。不動産屋の主人の話だと、昌章には両親がいないのだという。それを聞いて智美は、舅《しゅうと》や姑《しゅうとめ》がいないなんて最高じゃないさ、と思った。

念のために智美は、山下夫妻の顔を知っているかと主人に訊いてみた。

「もちろん旦那《だんな》さんのほうなら知ってますよ。でも奥さんとは会ったことがないな。それが何か？」

「いえ、べつに何でもないんです」

そういって智美は各連絡先をメモノートに記入した。

「あんた、これから山下さんのご主人に連絡をとるの？」

メモをとりおえた智美に、主人が訊いた。

「そのつもりですけど」

「だったらさ、鍵を付け直す日を訊いてたっていっといてくれないかな」

「鍵ですか。わかりました」

世話になった手前、元気よく返事して智美は店を出た。

公衆電話を見つけ、さっそく昌章の会社に電話した。幸い、本人が直接出た。智美が名乗ると、すぐにわかったようだ。ということは、典子はやはり智美の友人である典子にちがいないということだ。

金沢に来ていることを智美がいうと、「へえ」と昌章は間《ま》の抜けた声を出した。

「それで典子に会おうと思ったら、お留守みたいなので、不動産屋さんにこの電話番号を教わったんです」

「そうですか……いやじつは、典子は今日から旅行に出てましてね。友達と二泊三日とかで。残念だなあ、いらっしゃることがわかっていればなんとかできたんですがね」

「でもあたし、昨日まで何度か電話したんです。だけど誰もお出にならないから」

「あ……そうですか。実家に行ったりして、よく出かけてたからタイミングが悪かったのかな」

嘘《うそ》をついている、と智美は感じた。芝居が下手だ。

「典子に連絡をとりたいんですけど」

「それが、今夜どこに泊まるのかは僕も聞いてなくて」

「じゃあ一緒に行った友達の名前と住所を教えてください」

「それもよくは知らないんです。あの……仕事中なんで、もういいですか。典子が帰ってきたら、連絡するようにいいますから」

全然よくはなかったが、これ以上何を訊いてもごまかされるだけのような気がした。

「じゃあ、典子によろしくお伝えください」

それだけいうと電話を切った。

「ほんとうにもう、どうなっちゃってるのよ」

電話ボックスの中でぶつぶついいながら、智美は次に典子の実家にかけた。母親が電話口に出た。彼女もまた智美のことを知っていた。智美はまず結婚祝いの言葉を形式的に述べた。

「ありがとうございます。結婚式もしないで、本当に皆さまには失礼なことでしたわね」

「いえ、そんなことはありませんわ。それより、典子さんはそちらにおられません？　金沢まで来たんですけど、お宅に伺ったら留守みたいで」

すると母親が戸惑《とまど》ったように沈黙した。智美は嫌《いや》な予感がした。

「あの……たぶんあの子、旅行に出ているんじゃないかしら。そんなようなことをいってましたけど」

「旅行……どちらへ？」

「さあ、ちょっと聞いてないんです。どうもすみませんねえ、わざわざ訪ねてくださったのに」

「いえ、仕事のついでに寄っただけですから」

電話ボックスを出ると、智美は腕組みをして犀川を見下ろした。

――典子、あなたどこへ行っちゃったのよ。どこへ行こうと勝手だけど、気になるクイズを送ってきたりしないでよ。

クイズとはむろん例の写真のことだった。

ぼんやり立っていてもしかたがないので、歩きながら考えることにした。このあたりは寺町《てらまち》といわれる地域で、その名のとおり寺が多い。智美は寺にはあまり興味がないので、土産物《みやげもの》屋に入った。九谷焼《くたにやき》の茶碗《ちゃわん》や花瓶《かびん》が数多く並んでいる。智美は素早く値段をチェックして、案外安くないなと判断した。

その店にはほかに、忍者人形だとか、忍者耳かきだとか、忍者孫の手だとかを売っていた。どうしてこう忍者絡《がら》みのものが多いのだろうと思って店のおばさんに訊くと、この先に俗称忍者寺と呼ばれる寺があるからということだった。

「中にドンデン返しだとか、迷路だとかがあって面白いですよ。ぜひ一度行かれたらいいと思います」

おばさんは熱心に勧めてくれるが、智美としてはそれどころではない。それに一人で行くのは少々照れくさかった。

近くの喫茶店で軽く食事をした後、駅に戻って荷物を取ってからホテルに入った。シングルベッドに倒れこんだのが午後四時。朝から動きっぱなしで足が重かった。

——明日は兼六園《けんろくえん》と石川ナントカ文学館と武家屋敷あたりを回って、土産の一つも買って帰るか。せっかくここまで来たんだし。

何のためにこんなところまで来たんだろうという気がした。典子のことが気になって来たのだが、本人には会えない。何かあったのかと思ったがそうではなく、単に旅行中なのだと家族はいう。

——本当に旅行に出ちゃったのかな。誰も嘘をついていなくて、あの写真も何かの間違いで……。

いや、そんなことあるはずがないと思った。旅行先を誰にもいってないなんて絶対におかしい。それに何をどう間違えば、別人の写真を人に送ったりするのだ。しかもアパートの隣室の男は、たしかにこの写真の人たちがご夫妻だといったではないか。

「わかんないなあ」

智美は頭をくしゃくしゃと掻《か》いた。

夜になると彼女は自分の部屋に電話をかけた。留守番電話にメッセージが吹きこまれていないかどうかを確かめるためだ。旅行に出たときは、毎日これをする。

仕事関係のメッセージと、クレジットカードを作りませんかという案内が入っていた。

「これ以上カードを持ってどうすんのよ」

といいながら智美は残りのメッセージを待った。聞こえてきたのは、次のようなものだった。

「こんにちは、典子よ。今、東京に来ているんだけど、留守みたいね。会えなくて残念。また今度会いましょう。じゃ」

4

電話をかけまくった結果、曜子《ようこ》のところで手応《てごた》えがあった。昼間に典子と会ったというのだ。曜子もまた短大の仲間だ。今は結婚して専業主婦の座を確保している。

「今日電話がかかってきたの。それで渋谷《しぶや》で会ったのよ。とくに用はなかったみたい。東京に来る用があったんだけど、時間が余ったからっていってたわ」

「どんな話をしたの？」

「つまらない話よ。でも楽しかったわ」

「彼女、何かいってなかった？　ご亭主のこととか」

「亭主？　あたしの？」

「典子のよ」

「えーっ」

曜子は、鳥みたいにかん高い声を出した。

「あの子、独身じゃないの？」

今度は智美が、えーっという番だった。

「あなた、それも知らずに話をしてたの」

「だって典子、いってくれないんだもの。それにあの子とあなたの前じゃ、結婚の話はタブーってことになってるし」

むかっとしたが、智美はなんとかこらえた。

「ね、典子はあなたと別れてからどこに行くっていってた？」

「そうねえ、どこに行くともいってなかったわ。今夜はどこに泊まるか、まだわからないっていってたし」

「どこに泊まるか？」

それを聞いて、はっとした。典子が智美のところに電話をかけてきたのは、今夜部屋に泊めてほしいというためだったのではないか。

「ねえ曜子、お願いがあるの」

「なによ」

一歩引いたような口調で曜子は訊いた。

「典子を見つけてほしいの。あの子たぶん、まだ東京にいるわ。誰かの家に転がりこんでると思うの。片っ端から問い合わせてくれないかしら」

「どうしてそんなことをするの？」

「どうしてもよ。今すぐ連絡をとりたいの。お願い協力して。事情は後で話すから」

「だったらあなたがすればいいじゃない」

「それができないから頼んでるのよ。今あたし、金沢にいるの。だから連絡のやりとりをしにくいのよ。曜子、お願い」

「……ふうん、金沢にいるの」

さすがの曜子も、只事《ただごと》ではなさそうだなという気になったらしい。少しの間黙りこんでいたが、「本当に後で説明してくれるわね」といった。

「するする」

智美が答えると、彼女はふぅーっとため息をついた。

「しかたないわね。じゃあそっちの番号教えて。典子がつかまったら、かけるようにいうから」

「悪いわね」

ホテルの電話番号をいった後、「ところで典子の顔、どうだった？」と智美は訊いた。

「顔？　そうね、ちょっと痩せてたかな。それがどうかしたの？」

「ううん、何でもない。よろしく頼むわね」

智美は受話器を置き、ほっとひと息ついた。

もしかしたら何でもなくて、ほんの気紛《きまぐ》れで東京に行っただけなのかもしれない。そうすると昌章も典子の母親も嘘をついていなかったことになる。それならそれでいいと智美は思った。問題がないにこしたことはない。

だが智美はやはり気にかかるのだ。あの写真のこと。それから典子が曜子に、結婚したことを話さなかったということだ。ふつうなら、真っ先に話題の中心になるはずだ。わざと話さなかったとしか考えられない。それはなぜか。

——とにかく今は、典子が電話してくれるのを待つだけだわ。

ホテルの電話機に向かって、智美はつい手を合わせていた。

だがその夜には、電話のベルは鳴らなかった。

鳴ったのは、翌日の朝だ。智美は夜が遅かったせいもあり、まだベッドの中にいた。

「もしもし」

「智美？　あたしよ、典子」

「ノリコォ」

智美はベッドから飛び起きた。「探してたのよ」

「そうだってね。すれ違いだったんだ」

「典子、あたしあなたに訊きたいことがあるの。もしかしたらたいしたことじゃないのかもしれないけど、気になってしかたがなくて。あなたの結婚報告のことだけど」

「結婚？」

途端に典子の声が沈んだように感じられた。そして彼女はいったのだ。「智美、どうしてあたしが結婚したこと知ってるの？」

「えっ？　だって手紙をくれたじゃない」

「手紙？」

少し間を置いてから彼女はいった。「あたし、出してないわ」

「えっ……」

二人はしばし沈黙した。受話器を握る手に汗が湧《わ》いた。

5

十一時五分過ぎに典子は現われた。智美は立ち上がって手を振った。典子もすぐに気づいたようだ。

ホテルの一階の喫茶室にいる。ここで十一時という約束だったのだ。彼女はさっき、羽田空港から電話をかけてきたのだった。もともと今日こちらに帰ってくるつもりだったらしい。

「久しぶりね。元気だった？」

「まあまあってとこ。相変わらず、小さな出版社でセコセコやってるのよ」

ひとしきり挨拶代わりの雑談を交わした後、

「ところでさっきの話だけど」

と典子のほうから切りだしてきた。

「そうそうそのこと」

智美は例の手紙と写真をテーブルの上に出した。典子はその二つの物件を前に、目を見開いた。

「どうしてこれを智美が持ってるの？」

「だから送られてきたのよ」

智美は、この手紙のせいで自分がいかに不可解な思いをし、典子のことが心配で奔走《ほんそう》したかをまくしたてた。

「あたしが送ったんじゃないわ」

典子は首をふった。「書いたのはあたしだけど」

「えっ、どういうこと？」

「あなたに出そうと思って書いたの。でも出すのをやめたのよ」

「じゃあ出したのは？」

「たぶんあの人だと思うわ」

典子は顔を傾け、肩をすくめて見せた。白《しら》けたような表情をしている。

「ちょっと待ってよ。もしそうだとすると、あなたのご亭主殿って、とんでもないオッチョコチョイね。こんなふうに、全然関係のない写真を入れたりするわけ」

「それはあたしにもわかんないわ。あの人の考えてることなんて、何もわからない」

そういうと彼女は唇《くちびる》を噛《か》みしめた。大きな目が潤《うる》み、さぁっと充血を始めた。

「典子……何があったの？」

智美が訊くと、典子は写真をつまみあげた。

「ここに写っている男はあの人よ。で、女のほうはあの人の元恋人。ううん、現恋人だな」

「……どういうこと？」

「この女がうちに来たのよ。この写真を持ってね」

典子の話は先週の金曜日に遡《さかのぼ》った。夕方突然降りだした雨の音を聞きながら、彼女は手紙を書いていた。智美に出すためのものだ。封筒の宛名も書き終えたところで、その女性はやってきた。堀内秋代と名乗り、学生時代昌章に世話になった者だが、近くまで来たので寄ったのだといった。典子は少し訝《いぶか》しく思いながらも部屋へ入れた。秋代は最初、普通に社交辞礼を述べていたが、突然典子の前に写真を出した。

「昌章さんは本当は自分と結婚するはずだった、だけどあなたとの結婚を断わったら会社での立場が悪くなると思って、しかたなく自分と別れたんだって、こんなことというのよ。そうして彼から貰《もら》ったっていう金の指輪を見せたりするの」

典子は目の端を吊《つ》り上げていった。

「どうして典子との結婚を断わったら、会社での立場が悪くなるの？」

「たぶんうちのお父さんが経理部長だってことをいいたいんだと思うけど、冗談じゃないわよね。これが社長なら話も別だろうけどさ。それにだいいち、結婚を申し込んできたのは向こうなのよ。失礼しちゃうわ」

「そういってやったんでしょ」

「いったわよ。いったけど、信用しないの」

そんなはずはない、と秋代はいったのだそうだ。昌章さんは今でも自分のことを愛してくれていて、あなたとなんか本当は別れたいんだと。さすがに頭に来た典子は、秋代を追い出そうと思ったが、ちょうどそのとき電話が鳴った。昌章からだった。雨が降っているので駅まで迎えに来てほしいという電話だった。駅というのは、北陸《ほくりく》鉄道の野町《のまち》駅である。アパートから一・五キロほどある。

「それであたし、その女を待たせて昌章さんを迎えに行ったの。本人から直接話を聞こうというわけ。あの人、女が部屋にいるってことを知ったら、急に青くなったわ」

「正直で、嘘をつけないタイプなのね」

　と、智美は婉曲《えんきょく》に表現した。「ねえねえ、それからどうなったの」

「それがねえ、部屋に帰ったら、あの女はもういなくなってたの」

「あらどうして？」

「そりゃあ、帰っちゃったんでしょ」

「ふうん……そう」

　拍子《ひょうし》抜けして、智美は全身の力を抜いた。

「だけどそのままじゃ我慢できないから、あたし彼を問い詰めたのよ。あの女との関係はどうなのかって。彼ったら、はじめはごにょごにょいってごまかそうとしてたんだけど、しまいには白状したわ。結婚を前提に付き合っていたことがあるって」

「でも結局別れたんでしょ」

「彼はそういってる。でもよく聞いてみると、はっきりしないの。どうやら今でもときどき会ってたらしいのよ」

「わあ、それは卑怯だな」

「そうでしょう、そうでしょう」

典子は背中をぴんと伸ばし、両方の握《にぎ》り拳《こぶし》を胸の前でぶるぶると震わせた。「それであたし、どうにも嫌になって部屋を飛び出しちゃったのよ。金曜の夜からは実家に帰ってたの」

「そうか、だから電話が繋がらなかったのね。あ、でも旦那がいるか」

「あの人、毎日残業でとても帰りが遅いの。十二時過ぎにならないと帰らないわ」

「ああ、それで」

そういえば、働きものだと手紙にも書いてあった。

「だけど今となっては、本当に残業だったのかどうか怪しいもんだわ。あの女と会ってたのかもしれない」

そうかもしれないと智美も思ったが、口には出さず、

「東京にはいつから行ってたの？」

と訊いた。

「木曜日からよ。気分転換ってこともあるけど、じつをいうと仕事を物色《ぶっしょく》するのが目的だったの。こっちの会社はやめちゃったし、あの人と別れたら、もうここにはいたくないもの。だったら東京で暮らそうかと思って」

「いいわ、それ、グッドアイディアよ。また二人で楽しくやりましょ。で、いい仕事は見つかった？」

「それがねえ、なかなか条件が合わないの。現実は厳しいわねえ。だから智美にも相談しようと思ってたんだけど」

「大丈夫、いくらでも相談にのったげる。でもその前にこのことをはっきりさせようよ」

智美は手紙と写真を指でつついた。「お宅の旦那が出したんなら、なぜそんなことをしたのか訊かなきゃ」

「そうねえ……」

典子は頰に手をあてて逡巡《しゅんじゅん》していたようすだが、やがてその手をぱたりとテーブルに置いた。「智美、今からうちに来てくれる？　このさい、いろいろなことの決着をつけるわ」

「もちろん同席させてもらうわよ」

友達を思う気持ちと野次馬《やじうま》根性を半々に抱きながら、智美は大きく頷《うなず》いた。

6

「妙なことがもう一つあるわ。隣りの人の話よ」

典子たちのアパートに向かって歩いている途中、智美は昨日のことを思い出していった。隣室の男は、あの写真を見て山下夫妻に間違いないといったのだ。そのことを聞くと、典子も首を捻《ひね》った。

「おかしいわねえ、あたし、隣りの人とはまだ顔を合わせてないのよ。引っ越しの挨拶は彼が一人でしたはずだから」

「ふうん」

あの隣りの男、適当に答えただけだったのかなと智美は思った。

アパートに近づくと、典子の顔は徐々にこわばってきたようだ。足の運びも遅くなる。先ほど電話して、これから帰るということは昌章に知らせてあった。

「さあ、行こうよ」

智美が促すと、「うん」と小声で答えて典子はアパートの階段を上りはじめた。

典子は鍵を使わず、インターホンのボタンを押した。昌章はドアを開けると、

「なんだ、勝手に入ってくればいいのに」

と、やや固い笑顔でいった。典子は無表情で部屋に上がる。お邪魔しますといいながら智美も後に続いた。

入ってすぐがキッチンで、その奥に六畳間が二つあるという標準的な2DKだった。どの部屋も奇麗《きれい》に片付けられているが、いたるところに蝶の標本が飾られているのは少し不気味《ぶきみ》だった。座卓《ざたく》が置かれてある部屋で、典子と智美は並んで座った。そして向き合うように昌章が座る。

「何か飲み物でも……」

智美に気遣ってか昌章は典子を見ながらいったが、彼女はうつむいたまま返事をしない。しかたなく智美は、「おかまいなく」といった。「そうですか」と昌章はひきつった笑いを浮かべる。通夜《つや》のように雰囲気が暗かった。

とにかく話の糸口を見つけようと、智美は例の手紙を出した。

「これが届いたんですけど、ご主人がお出しになったのですか」

手紙をちらりと見た彼は、小さく首をふった。

「いえ、僕は出しませんけど」

「あなたが出さなきゃ、誰が出すのよ」

ようやく典子が口を開いた。それで昌章も色をなした。

「なぜ僕がこんなものを出すんだ。それにこの手紙がどうしたというんだ」

「中にこんな写真が入っていたんです」

智美は写真を出し、昌章の前に置いた。そして驚いている彼に、今までのことを説明した。話を聞いた彼は、やはり首をふった。

「まったく覚えがありません。どうしてこんなことになったのか……」

「わかったわ、あの女の仕業《しわざ》よ。嫌がらせのつもりで、あの女がやったのよ」

典子がヒステリックに喚《わめ》いたので、

「彼女はそんなことをする人じゃない」

と昌章はいった。しかしこの台詞《せりふ》は、典子をさらに興奮させることになった。

「智美、聞いた？　彼女ですって。やっぱり今でも好きなんだわ」

「何をいってる。そんなはずないじゃないか」

「だけど今でもときどき会ってらっしゃるんでしょう？」

典子が涙ぐみはじめたので、智美が代わりに訊いた。すると昌章はつらそうに眉《まゆ》を寄せた。

「彼女は僕とのことだけでなく、仕事だとか家族のことで悩んでて、ノイローゼ状態なんです。それでつい先日も自殺をはかりました。幸い命に別状はありませんでしたが。だから彼女から電話がかかってきて、会ってくれないと死ぬからといわれると、会わざるをえないわけです。でも本当に会うだけです。会ってお茶を飲んで話を聞いてやれば、落ち着くようなんです」

「嘘だわ、そんなの絶対に嘘」

「本当だよ。だけどもう信じてくれなくていい」

そういうと昌章は腕組みをして横を向いた。典子はひたすら泣いている。

まずいなあ、と智美は思った。典子が離婚するのは全然かまわないけど、このままでは後味《あとあじ》が悪すぎる。

「あのう、いちおうその女性に、この手紙を出さなかったかどうか訊いてみたらどうでしょう。典子でもご主人でもないとすれば、ほかに誰も考えられないわけだから」

昌章は仏頂面《ぶっちょうづら》をしたまま考えこんでいたが、智美の意見も尤《もっと》もと思ったか、頷きながら腰を上げた。

「そうしましょう。このままじゃ、僕だってすっきりしないから」

昌章がキッチンへ電話をかけに行ってる間に、智美は自分のハンカチで典子の涙を拭

いてやった。典子はしゃくりあげながら、

「ね、ひどい話でしょ」

といった。智美はまだ何ともいえないので、「うーん」と曖昧《あいまい》に答えてから、

「まあもし東京に来たなら、いい就職先を世話したげるから」

と励ました。

「お願いよ。月給二十万以上で、週休二日のとこね」

典子は泣きながらいった。

昌章の電話は予想したよりも長いものになった。智美は耳をすませ、その会話が少し奇妙なものであることに気づいた。

「はい……そうです。金曜の夕方お見えになったようです。……いえ、僕は会ってないのですが、女房が……はい、そうです。……今からですか？　ええ、まあ、かまいませんが。住所はですね」

電話を終えた彼は、智美が訊く前にいった。

「彼女、行方不明なんだそうだ。先週の金曜からずっとだよ」

7

やってきた刑事は、四十過ぎの丸い顔をした男だった。ずんぐりとした体形で、ズボンのベルトの上に腹の脂肪が乗っかっていた。

昌章が堀内秋代の家に電話したとき、ちょうどこの橋本《はしもと》刑事がいて、電話に出たのだ。彼は、娘が行方不明になったという両親からの届けを受けて、秋代の部屋を調べている最中だった。秋代は一人暮らしをしており、いつからいないのかは不明だが、先週の金曜に仕事先に現われて以来、誰も彼女の姿を見ていないという。

「つまり現時点では、奥さんが最後に堀内秋代さんに会った人ということになりますな」

典子の話を聞いた刑事は、何かを含んだような言い方をした。横で聞いていた智美は、それがどうしたのよ、といいたかったがやめた。

さらに刑事は根掘り葉掘りさまざまなことを質問した。プライバシーに関わることがほとんどだったが、典子も昌章も不快な顔ひとつせずに答えていた。

質問の矛先《ほこさき》は智美にも向けられた。むろん、例の手紙のことを訊かれたのだ。

「その手紙と写真を見せていただけますか」

智美はそれらを差し出した。刑事は受け取る前に、手袋をはめた。

「お預かりしてもかまいませんかな？　もちろんちゃんとお返しします」

返すのは当たり前だと内心毒づきながら、「どうぞ」と智美はぶっきらぼうに答えた。

さらに刑事は、三人の指紋を採りたいといった。捜査の参考にするだけで、必要なくなれば廃棄か返却するという。

しかたなく承諾すると、刑事は警察署に連絡した。間もなく鑑識係がやってきて、三人の指紋を採取していった。

「あの刑事さん、あたしのことを疑ってるわ」

刑事たちが帰った後、典子がいった。「あたしがあの女の人をどうにかしたと思ってるのよ。だからあんなにしつこく訊いたんだわ」

「そんなこと考えてないさ。細かく訊くのは彼らの仕事だよ」

「でも指紋まで採ったわ」

「単なる捜査手順だよ。彼らが考えてるのはたぶん」

昌章はここでいったん言葉を切ってから、「自殺のセンだと思う」と続けた。

たしかにそれがいちばんありうることのように智美にも感じられた。典子も同感のはずで、その証拠に三人とも押し黙ってしまった。

「あたし、とりあえず失礼するわ」

口を開くと同時に、智美は腰を上げた。すると典子も立ち上がった。

「待って、あたしも行く」

「でも典子は……」

「いいの」

そういうと典子は智美の腕を取って、玄関に向かった。智美は昌章を振り返った。彼は眉間《みけん》に皺《しわ》を寄せて座卓の表面を見ているようだったが、彼女らが靴を履《は》き終えると、

「智美さん」

と呼びかけてきた。「連絡先だけは知らせてください。警察に訊かれると困りますから」

智美は典子を横目で見ながら、「わかりました」と答えた。

その夜はビジネスホテルのツインルームを確保し、智美と典子は近江町《おうみちよう》市場の近くにある居酒屋に入った。客が市場で買ってきた魚を持ちこめば、その場で即座に料理してくれるという店だ。

「ねえ、あたし、どういう仕事が向いてるかな。できれば事務とかじゃなくて、動きま

われるのがいいんだけど」

網焼きセットの帆立貝を食べながら典子は訊いた。あまり酒に強くない彼女は、ビール二本で少し目がとろんとしている。

「うーん、そうねえ」

コップ酒を持ったまま智美は唸《うな》り、「あのさあ、昌章さんさあ、嘘ついてないんじゃないの？」といってみた。途端に典子の口元がきゅっと締まった。

「どうして？」

「だって、その秋代さんて人、本当にノイローゼだったみたいじゃない。昔の恋人がそんなふうだったら、やっぱり気になって会ったりとかしちゃうと思うよ」

「あら、相手がノイローゼなら、デートしてもいいっていうの」

典子の目が据《す》わりだした。

「そうじゃなくてさあ」

「あたしはね、あの人が隠してたってことが悔しいの。女のことも、こっそり会ってたことも全部隠してたわけじゃない。それがね、それがね、とても嫌なの」

典子はとうとうカウンターにつっ伏してしまった。まずい、と智美は思った。彼女が泣き上戸《じょうご》だということを忘れていたのだ。板前やほかの客も彼女を見てクスクス笑っている。智美はため息をつくと、焼けすぎた甘えびをかじった。

足元のおぼつかない典子を連れてホテルに戻ると、橋本刑事からメッセージが入っていた。十時過ぎにまた電話するという内容だった。時計を見ると、九時を少し回ったところだ。典子をベッドに転がし、智美はシャワーを浴びた。

バスルームから出たところで電話が鳴った。橋本刑事からだった。

「金沢の夜を楽しんでおられますか」

「まあそれなりに」

「それはよかった。ところでお訊きしたいことがあるのですが、あの写真を誰と誰に見せたか、覚えておられませんか」

「ええ、覚えてますけど」

智美は一人ひとり挙げていった。

「なるほど、わかりました。いや、どうもお寛《くつろ》ぎのところ失礼しました」

一方的にいうと、刑事は電話を切った。なによあれ、と智美は口をとがらせながら受話器を戻した。典子は横で、気持ちよさそうに寝息をたてていた。

翌朝、その電話がまた鳴った。智美は「うーん」といいながら毛布を頭からかぶった。受話器は典子が取ったようだ。

二言三言電話していた彼女は、電話を切ると、智美の毛布をひっぺがした。

「なにすんのよお」

「大変、智美。犯人が捕《つか》まったんだって」

8

何がなんだかわからないまま、ホテルをチェックアウトし、智美は典子とともにタクシーに乗りこんだ。電話は橋本刑事からだったらしい。しかし犯人が捕まったといわれても、何の事件のどういう犯人なのか皆目《かいもく》わからなかった。とにかくアパートに来てくれということなのだ。

アパートのそばまで行くと、大騒ぎになっているのがよくわかった。パトカーが何台も止まっている。野次馬をかきわけて二人が前に進み出ると、

「やあどうもご苦労さまです」

と、丸顔の橋本刑事が近づいてきた。

「刑事さん、これはどういう……」

智美がいうと、刑事は制するように手を前に出した。

「今からご説明します。じつは桜井《さくらい》が自供したのです。女性を殺したと」

「さくらい……って誰です」

「山下さんのお隣りに住んでいる男です」

「えっ、あの人が？　それで殺された女性というのは？」

「堀内秋代さんです」

「えー」

といったきり、智美は言葉をなくした。典子はすでに横で硬直している。

「とにかく上で詳しい話を」

刑事は親指を上に立てていった。

部屋に行くと、昌章はダイニングテーブルについていた。奥の二つの部屋では、紺色の服を着た男たちが動きまわっている。

「どういうことなの」

典子が昌章に訊いた。

「うちが殺人現場らしいんだ」

「ええっ」

「まっ、座ってください」

刑事に促されて、智美と典子も椅子《いす》に座った。刑事は立ったまま説明を始めた。

事件はやはり、あの金曜日に起こっていた。典子が昌章を迎えに出た直後、桜井はこの部屋に忍びこんでいたのだ。彼は典子が出ていく音を聞いて、部屋には誰もいないと思ったらしい。

「何のために、うちに忍びこんだんですか？」

「それがですな、蝶の標本を狙ったらしいです。桜井もまた蝶マニアだったんですな。お宅が越してこられたときにご主人のコレクションを見たそうで、どうしても欲しくなったのだと奴はいっています。隣りの部屋にあれがあると思うだけで、落ち着いて眠ることもできなかったそうで」

「僕のコレクションは、普通のとはちょっと違いますからねえ」

沈痛そうにしているが、昌章の鼻の穴が膨《ふく》らむのを智美は見逃さなかった。

「でもどうやって入ったのかしら。あたし、鍵をかけたはずなのに」

「それがですね、奴は合鍵を持っていたのです。不動産屋に家賃を払いに行ったとき、この部屋の合鍵が置いてあるのを見つけたんですな。それで店の主人が目を離した隙《すき》に、こっそり持ち帰ったというわけです」

「合鍵がなくなっていることは、不動産屋から連絡が入っていたんだ。それで鍵を付け替えるという話になっていたんだけど」

そういえば不動産屋がそんなことをいってたなと智美は今ごろ思い出した。

「さてそうして桜井は忍びこみ、壁に飾ってある標本を物色していたのですが、寝室のほうから突然女性が現われた。それが堀内秋代さんです。驚いた桜井は、騒がれてはまずいと、彼女の首を締めたのです。小心《しょうしん》な男によくある、発作的な行動といえるでしょう」

刑事はあっさりとした口調でいうが、一般市民にとっては異常な事態だった。智美は腋《わき》の下《した》を汗が流れるのを感じた。

「こうなると蝶どころじゃない。桜井が考えたのは、死体の始末をどうするかということと、自分のアリバイ作りです。そこで目に入ったのが、例の写真と手紙です」

手紙はダイニングテーブルの上、写真は座卓の上にあった。彼は手紙の文面に目を通すと、写真を同封してポケットに入れた。典子の顔を知らない桜井は、秋代を典子だと思ったのだ。

「死体を運びだした桜井は、その夜車で犀川ダムのほうまで行って死体を埋めたのだそうです。現在捜査員が捜索中ですが、間もなく見つかるでしょう。その翌日、奴は友人の家へ遊びに行っています。そしてその友人宅の近くから例の手紙を投函《とうかん》したのです。

こうすればその日までは被害者は生きていたことになると、安直《あんちょく》に考えたわけですな」

「まったく安直な考えですね。もし本当に典子がいなくなったのなら、金曜の時点で僕は警察に届けたでしょう」

「いやそれが桜井のいうのにはですね、山下さんのところはご主人がめったに帰ってこられないと思っていたらしい。会社から帰ってこられた気配が、全然なかったからというのです」

「あなた、いつも帰ってくるのが夜中だからよ」

典子に指摘されて、「そうか」と昌章は呟《つぶや》いた。

「以上が事件の全容です。聞いてしまえば単純な事件だが、ひとつ間違えれば永久に闇《やみ》の中《なか》という事態になるところでした。それだけに例の手紙と写真は、桜井にとって致命的なミスになりましたな」

こう締めくくって橋本刑事は手帳を閉じた。

「あのう、どうして桜井が怪しいと思われたんですか」

智美が訊くと、橋本は頷いた。

「例の写真についていた指紋を調べたのです。するとあなたがた三人に該当しないものがありました。そのうちのいくつかは堀内秋代さんのものとわかりました。しかし残りの指紋が誰のものかがわからない。そこで昨夜あなたに、写真を誰に見せたか教えてほしいと尋《たず》ねたのです。あなたの話を聞いて、われわれは昨夜のうちに桜井の指紋をドアノブや車から採取しました。予想どおり、写真についていたものは奴のものでした。また手紙の便箋のほうにも同様の指紋がついていたのです。そこで今朝早く桜井を問いつめたところ、あっさり白状したというわけです」

「それでわれわれの指紋を採ったのですか」

昌章がいうと、刑事は頭を掻いた。

「手紙を出した者が秋代さんをどうにかしたのかもしれないと直感したのです。いやしかし、ご協力ありがとうございました。ああそれから、何かなくなっているものがないかどうか、いちおうチェックしていただけますか。桜井は何もとってないといっているのですが」

「わかりました」

昌章は椅子から立ち上がると、蝶のコレクションを調べに部屋に入った。

「奥さんも、貴重品があれば調べてください」

「貴重品ねえ」

典子は浮かない顔で腰を上げた。「強《し》いていえば宝石箱だけど」

「わあ、見たい」

智美は思わず胸の前で手を合わせた。

寝室のドレッサーの上に、縦型の宝石箱が置いてあった。ずいぶん不用心だなと智美は思ったが、それを察したように、

「たいしたものなんて入ってないのよね」

といって典子は扉を開けた。するとそこに白い紙が入っていた。「あら」といって典子がそれを取ると、何か下に落ちた。智美が拾い上げたのは、金色のリングだった。

「それ、彼女がしてたものだわ」

そういって典子は紙を開いた。そこにはルージュで、

「ゴメンナサイ　サヨウナラ」

と書いてあった。

「彼女、あなたたちが帰ってくる前に出ていくつもりだったみたいね。もっと早く出ていけば、殺されることもなかったのに」

智美がいうと、典子はこくんと頷いた。

その日の夕方、智美は金沢駅から特急『かがやき』に乗りこんだ。これで長岡《ながおか》まで行き、上越《じょうえつ》新幹線に乗り換える。

「また来てね。今度はごちそうするから」

窓の向こうから典子がいう。昌章も横から、「それまでには広い部屋を探しておきますから」といった。殺人があった部屋では暮らせないので、明日から早速部屋探しをするらしい。

「お幸せにね。またトラブったら連絡ちょうだい」

「もう大丈夫よ」

典子は少し照れくさそうにいった。

電車が動きだし、ホームの二人も視界から消えた。智美はやれやれと吐息《といき》をついた。

――とんでもない金沢旅行になっちゃったなあ。ろくに見物もできなかったじゃない。

でもまあいいか、これから何度だってこれるし。

だけど兼六園ぐらいは行っておきたかったなあと思う智美であった。

コスタリカの雨は冷たい

1

何やらわけのわからない叫び声を上げながら飛び出してきた二人組は、両方とも猿のマスクをかぶっていた。ハロウィンで子供たちがかぶるようなゴム製のものだ。鬱蒼《うっそう》と茂った熱帯雨林の中を、ユキコと二人で歩いていた僕は、突然のことに声も出せず、カラフトフクロウみたいに目を丸くしたまま、その場に立ち尽くした。ユキコも悲鳴の一つも上げず、僕の隣りで固まっていた。

二人組は、どちらも身体《からだ》が相当でかかったが、より大きいほう、僕たちから見て右側の男が、まず一歩こちらへ足を踏み出した。汗と湿気でべとべとになっているTシャツから、太い腕が出ていて、その手には何か黒いものが握られている。それがピストルだと認識するのに、数秒かかった。

男が何かいった。英語ではなかったし、猿のマスクのおかげで声がこもってよく聞き取れなかった。

僕はとにかく両手を上げ、ユキコにもそうするようにいおうと思って横を向いた。だが彼女はすでにホールドアップの姿勢をとっていた。

殺されるかもしれない、と僕は思った。この状況で、そのおそれを想定しない人間がいたら顔を見たい。たまたま誰《だれ》かが通りかかるということは、この森の中ではほとんど期待できなかった。むろん、だからこそこの連中も、ここで張っていたのであろう。

ワンテンポ遅れた感じで、心臓の鼓動が速まりだした。あまりにも突然の状況変化に、肉体のほうがついてこれなかったのだ。続いて呼吸が苦しくなり、冷や汗が流れだした。

またピストルの男がしゃべった。〝DOWN〟という単語が耳に入った。しゃがめということかなと思って、両手を上げたまま腰を下ろすと、「ダウン、ダウン」といいながら、男は僕の背中を押した。

「ううう、うつぶせになれっていってるみたいよ」ユキコが震えた声でいった。

「そそそ、そうらしいな」

僕は首にかけていたカメラを置き、湿《しめ》った草の上でうつぶせになった。ユキコも手に持っていた双眼鏡《そうがんきょう》を置いて、同じ腹ばいの恰好《かっこう》をした。

もう一人の男が近づいてきた。顔を上げて見ると、すごい山刀《やまがたな》を持っているのが目に入った。あれで何をするつもりだろう、まさか首を切り落とすというんじゃないだろうな、そんなことをするよりピストルで撃ったほうが手っ取り早いはずじゃないか、いやいやいや、銃声を聞かれたくないのかもしれないぞ。恐怖と興奮と緊張のあまり、次から次と不吉な考えが頭に浮かんだ。いずれにしても、自分たちが助かる見込みはないという気がした。僕とユキコはここで殺されて死んでしまうんだ――。

覚悟というには、あまりにもわけがわからなすぎた。よく死の直前、人はそれまでの人生を走馬灯《そうまとう》のように見るというけれど、この場合、そんなことはまったくなかった。僕の頭の中を占めていたのは、「どうして？」という思いだけだった。どうしてこうなるわけ、どうしてこんなところで、どうしてどうして？

山刀を持った男は僕の横に腰を下ろし、僕のブッシュパンツのポケットを探った。かちゃかちゃと鳴っているのは、レンタカーのキーとホテルのキーを奪う音だろう。ホテルのほうはどうでもいいが、車のほうはまずいなあと思った。トランクに総額百万円相当のカメラの道具が入っているのだ。コツコツと集めた品ばかりだ。あれは置いていってくれないかな、まあ無理だろうな――自分の命が危ないというのに、そんなセコい考えが頭をよぎった。

男は続いて、僕たちのパスポート、トラベラーズチェック、クレジットカード、そして財布をポケットから抜き取った。さらに仕上げとばかりに、僕の腕から時計を外した。もちろん、地面に置いたカメラも見逃さなかった。これは友人のニックから借りているものだ。弁償しなきゃあと思った。生きていたらの話だが。

次に男はユキコのほうへ移った。だがジーンズのポケットをちょっと調べると、「ノー・マネー」と、落胆した声で呟《つぶや》いた。双眼鏡には手を出さなかった。

取るものを取ると、強盗たちは僕たち二人を縛りはじめた。それで僕は少しほっとした。縛る以上は命を奪う気はないらしいと思ったからだ。

縛るといっても紐《ひも》を使うのではなく、ガムテープで両手両足を巻くのだった。さらに口には汚ないタオルで猿ぐつわをされた。連中にしても焦《あせ》っているらしく、息の荒いのが、猿のマスク越しに聞こえてきた。

僕たちを縛り終えると、一方の男が僕の肩を叩き、「オーケー、オーケー」といった。「大丈夫、殺す気はないよ」とでもいう意味なのだろうか。

やがて二人は駆け足で去っていった。遠くで車のエンジンをかける音がする。僕たちが乗ってきたレンタカーで逃げるつもりなのだろう。

ところが車のエンジン音が遠ざかる前に、一方の男が戻ってきた。僕たちが身動きできないかどうかを確認するためかもしれない。僕たちがじっとしているのを見て安心したらしく、「バーイ」といって、再び立ち去った。そして今度は車の発進する音がして、やがて消えた。

僕は首を回し、ユキコのほうを見た。僕と同じように後ろ手に縛られた彼女は、情けない顔でこちらを見ていた。「なんでこうなるの？」とその目は訴えかけてきた。きっと僕も、同じぐらい情けない顔になっているんだろうなと思った。それにしてもまあ、命をとられなかったのがなによりだ。

いつの間《ま》にか、雨がしとしとと降りはじめていた。耳に落ちた水滴が冷たかった。さてこの状態をどうやって切り抜けるか、僕は手足をじたばたと動かしてみた。ちょっとやそっとではどうにもならないだろうと思ったが、意外にも、両足がすぐに自由になった。僕はこのときゴム長靴を履《は》いていたのだが、強盗の連中は、その長靴の上からガムテープを巻いていたのだ。だから靴を脱げば、すぐに外れる。やはり奴らもかなり慌てていたということだろう。それは僕のウエストバッグを見逃したことでも明らかだった。この日僕はウエストバッグを付けていたのだが、うつぶせになったため腹の下に隠れ、彼らには見つからずにすんだのだ。このバッグの中には、小銭《こぜに》が少々入っていた。

僕は立ち上がると、「助けを呼んでくるから、ここでじっとしているんだ」という意味のことを、「ううう」という呻《うめ》き声《ごえ》で表現し、手首のガムテープと口の猿ぐつわを付けたまま駆けだした。

ここはブラリオ・ガリオ国立公園という森の中だった。公園の入口は、グアピアス・

ハイウェイという道路沿いにある。入口といっても、そこだけ森がちょっと途切れていて、人が通れる程度のトレールがあるというだけのことだ。僕たちが襲われたのは、そこから入って二百メートルほど歩いた地点だった。

僕は縛られた恰好のまま道路に出た。駐車してあったレンタカーは、やはりなくなっていた。僕は道端に立って、車が通りかかるのを待った。

間もなく、一台のワゴンが姿を見せた。僕は縛られた手を見せながら、ぴょんぴょんと跳《は》ねたり、助けを求めている思いを顔面で表現したりした。

ところがワゴンは止まってくれなかった。まるで疫病神《やくびょうがみ》に出会ったみたいに、大きくよけて走り去っていくのである。

その後何台か通りかかったが、どれもそうだった。止まってくれるどころか、スピードを上げるぐらいだ。迂闊《うかつ》に飛び出していったら、轢《ひ》き殺《ころ》されかねない。

後で知ったことだが、助けを求めるようなふりをして車を止め、強盗に早変わりするという手口があるそうで、ドライバーはそれを怖れていたらしい。

こりゃだめだと思い、僕はユキコのもとへ戻った。彼女は相変わらず、うつぶせのままで、地面でもがいていた。猿ぐつわは口から外れていたが、今度はそれが鼻を塞《ふさ》いでおり、えらく苦しそうだった。その恰好を見ているうちに、なんだか急におかしくなり、僕は猿ぐつわをかんだまま、ぐふふふふと笑ってしまった。

「なに笑ってんだよお」怒った声でいった後、「早くなんとかしてよ。もう、だからこんなところに、来たくなかったんだよお。えーん、えーん」と泣きだした。

僕は彼女のそばに駆け寄り、後ろの手で彼女のガムテープを外したり、彼女に僕のほうのテープを外させたりして、どうにかこうにか二人が身体の自由を取り戻すのに、二十分ぐらいかかったような気がする。しかし、なにしろ腕時計も奪われているので正確なところはわからない。

「ふう、ひどい目に遭《あ》った」地面に座りこんだまま僕はいった。ガムテープをはがした痕《あと》がヒリヒリする。

「殺されるかと思ったよお」

「俺もだ」

「もうやだこんなとこ。早く帰る」

「それはわかってるけど、まずこの場からどうやってホテルに戻るかだ」

「ヒッチハイクしようよ」

「それがさあ、全然車が止まってくれねえんだ」

「えー、どうしてえ」

「わからない」

僕はユキコを連れて通りに出て、再び助けを求めることにした。だがやはり止まってくれる車はなかった。

「みんな薄情《はくじょう》だよお」とユキコは泣き声を出した。

そこへバスがやってきた。ボンネット型のポンコツで、ばふばふという音とともに、灰色の煙を吹いていた。それでもいちおう、路線バスのようだ。

「あれを止めよう」

僕たちは手を振った。が、やはりスピードを緩《ゆる》める気配《けはい》はない。僕は道路の真ん中に出て、両手を上げた。それでようやくバスは止まった。

真っ黒な顔をした運転手が窓から顔を出し、怒った声で何かいった。僕は急いで駆け寄り、片言のスペイン語で、「泥棒」、「助けて」と繰り返した。ユキコは横で泣いて見せた。

言葉が通じたのか、ユキコの演技が功を奏したのかは不明だが、運転手は僕たちをバスに乗せてくれた。バスの中には十人ぐらいの乗客がいて、最初は気味悪《きみわる》そうに僕たちを見ていたが、運転手が何か説明すると、口々に何かいいだした。意味はさっぱりわからないが、同情してくれているのは間違いないようだ。長椅子《ながいす》の中央に、僕たち二人を座らせてくれた。

「誰か英語のできる人はいませんか」と僕は英語で訊《き》き、続いてスペイン語で、「英語、英語」といってみた。

人々は、一人のしょぼくれたおじさんを指差した。そのおじさんは小さな籠《かご》を抱えたまま、おそるおそるという感じで僕たちの前に来た。

「おじさん、英語できるの？」と僕は英語で訊いた。

おじさんは、うんうんと頷《うなず》いた。

「このバスはサンホセに行くのかい？」

サンホセはコスタリカの首都で、僕たちの泊まっているホテルがある。

おじさんは再び、うんうんと頷いた。

「助かった。これでなんとかなる」僕はユキコに日本語でいった。

おじさんは籠の中に手を入れ、飴《あめ》のようなものを取り出すと、「食うか？」というように差し出してきた。僕たちはノー・サンキューといいながら首を振った。どうやら彼はバスの中で駄菓子《だがし》を売っているのだということが、この後、彼と乗客とのやりとりを見ていて判明した。それで英語も必要なのかもしれない。

バスはごとごとと揺れながら山道を走りつづけた。隣りでユキコが、「ひどいことになっちゃったね」と、ぽつりといった。僕は黙ってうなだれた。

2

会社の命令で、僕がカナダのトロントに赴任することになったのは今から五年前だ。海外赴任をずっと希望していただけに、僕も妻のユキコも飛び上がって喜んだ。トロントではノースヨーク地区に家を借りた。

海外勤務を望んでいた理由としては、狭い日本に閉《と》じ籠《こも》ったままで一生を終えたくないという思いがあったことが第一だが、もう一つ、外国の鳥を見たいと前から考えていたことがある。僕は小学生のころから野鳥観察を趣味にしていて、日本国内の野鳥に関しては、ほとんど見つくしたと自負しているのだ。ヤンバルクイナだって、この目でしっかりと見ている。それでこれからはどんどん海外の野鳥を見てやろうと、思いを新たにしている矢先のことだった。とくにカナダというのが僕を舞い上がらせた。自然の宝庫、頁《ページ》数の尽きない自然百科事典みたいな国だからだ。

とはいえ赴任当時は、バードウォッチングどころではなかった。とにかく英会話が不充分というのが最大のネックだった。部下とのコミュニケーションがうまくいかず、小さなトラブルやミスが続出した。取引先とのやりとりでも失敗の連続だ。相手のジョークに笑えずに顰蹙《ひんしゅく》を買う程度のことならまだいいが、電話で先方が怒っていることに気づかず、生返事を繰り返しているうちに相手を激昂《げきこう》させ、取引がパアになりそうになったときには顔面がひきつった。それ以後しばらくの間は、電話が鳴るたびにビクビクしたものだ。とにかく言葉の壁を越えるということが、当面の、そして最大の課題だった。

それでも一年経《た》つとなんとか通常の会話には困らなくなり、二年経つと専門的な会話でも充分ついていけるようになった。くだらないジョークでも、お愛想《あいそ》で笑えるようになった。もっとも僕の補佐役でもあるグレースについては、未《いま》だに何を考えているのかよくわからないところがあった。いつもぼんやりしていて、受け答えも無愛想で、どこかワンポイントずれているのだ。ただし大きなミスはしたことがない。

「あれが彼女のリズムなの。あれを崩すとパニックを起こすわよ」グレースのことをよく知っている女性がこういうので、僕もそっとしておくことにした。

グレースのほかにもう一人、いつまでたっても馴染《なじ》めない人物がいた。それは家の裏に住んでいる、タニヤばあさんだ。息子が経営していた雑貨屋が、近くにできた中国《ちゅうごく》人《じん》の店のおかげでつぶれたとかで、東洋人《とうようじん》を憎んでいる。中国人と日本人《にほんじん》は違うのだということをいくら説明してもわかってもらえない。そのくせ日本が貿易で大幅な黒字を出していることなんかは、きっちりと知っているのである。それでうちの庭の芝生《しばふ》が伸びていたりすると、「金儲けをする時間はあっても、芝の手入れをする暇はないのかい? このあたりじゃ、あんたの家だけだよ、庭が野良猫の背中みたいになっちまってるのは」などと、わざわざいいに来たりするのだった。

そんなこともあったが、まあなんとか海外生活にも慣れていった。休みも比較的自由にとれるので、カナダの各地を、野鳥を求めて旅行した。ときにはヨーロッパに行くこともあった。ここからだとヨーロッパはとても近いのだ。

やがて五年が過ぎ、つい先日本社から、帰国の準備をせよという旨《むね》のファックスが届いた。僕たちはがっかりしながら、最後にどこかへ旅行しようと話し合った。

コスタリカへ行こうといいだしたのは僕だ。自然の王国といわれるこの小国に、前から一度行ってみたかったのだ。バナナみたいな嘴《くちばし》をしたオオハシや、小さな羽をものすごいスピードで動かすハチドリを、ぜひこの目で見ておきたかった。

「でも治安はどうなの?」とユキコが訊いた。僕は胸を張った。

「その点は大丈夫。とても安全らしい」

「そう。じゃあ、コスタリカにしようか」

というわけで、僕たちのカナダ在住中最後の旅行は、この中央アメリカの小国に決まった。僕は浮き浮きし、旅行の準備をした。ユキコと二人で予防注射だって受けに行った。小児《しように》マヒとか破傷風《はしようふう》とか黄熱病《おうねつびよう》の注射だ。腸チフスの飲み薬だって飲んだし、一週間に一度飲むというマラリアの薬だってもらってきた。どんな面倒臭いことも、オオハシやハチドリに出会えると思えば平気だった。

そして昨日、飛行機に五時間半乗って、トロントからサンホセにやってきたのだった。一夜明けた今朝すぐにツアーデスクに行き、周辺地図を貰い、国立公園の位置を確認して、意気揚々とホテルをレンタカーで出発してきたのだ。そのときには、まさか一時間後、一文無し《いちもんな》同然で、オンボロバスに乗っているとは夢にも思わなかった。

3

バスに乗ってから一時間ほどが経過した。ところがいっこうにサンホセに近づいている気配がない。そのうちにバスは、小さな町の空地のようなところで止まった。そして運転手が降りるよう手振りする。僕たちはバスから降りた。外には、同じようなバスが一台止まっていた。

「ねえ、ここどこ？」とユキコが訊いた。

「サンホセでないことはたしかだな」と僕はいった。

例の駄菓子売りのおじさんが、もう一台のバスを指差して、「サンホセ、サンホセ」と僕たちに向かっていっている。これに乗れという意味らしい。

「やれやれ」と僕はため息をついた。「ここはどうやらサンホセとは逆の終点らしいぜ」

「えー、じゃあまたバスに乗って、今来た道を引き返すわけ？」

「そういうことらしい」

「ふえーん」ユキコはまた泣き顔になった。

そのうちに乗客が集まってきた。駄菓子売りのおじさんが、彼らに僕たちのことを話している。どんなふうに説明しているのかは不明だが、とにかくみんな、ひどく気の毒そうな目で僕たちを見ていた。

一人の老人が、どこからかコーラの瓶《びん》を二つ探しだしてきて、そばの水道の水をくみ、僕たちのところへ持ってきた。そして「アグア、アグア」という。アグアというのは、水のことだ。飲めということらしい。

その瓶を受け取って僕はちょっとのけぞった。中の水は赤茶色に濁《にご》っていた。見る見るうちに、底に黒っぽいものが沈殿《ちんでん》していく。住人たちはともかく、よそ者が飲んだら一発で腹をくだしそうだ。

「飲むふりだけしよう」僕は日本語でユキコにいい、瓶に口をつけた。老人は、かわいそうな東洋人に親切にしてやったことで、大いなる自己満足を感じているらしく、胸を張って頷《うなず》いていた。

ようやくバスが発車することになった。僕は身振り手振りで、運転手に現在時刻を尋《たず》ねてみた。彼なら正確な時刻を知っているだろうと思ったからだが、返事は曖昧《あいまい》で、だいたい四時半ということだった。

それから約一時間半、バスに揺られて、ようやくサンホセに到着した。僕たちが降りるとき、駄菓子売りのおじさんが何かわけのわからない言葉をかけてきた。こいつ、英語ができるなんて絶対に嘘《うそ》だなと思いながら、僕は手を振って応えた。

タクシーを見つけてホテルに戻ろうと思ったが、なかなかうまくつかまらなかった。しだいに日が暮れていき、道を歩いている人の数も少なくなってきた。道端で食べ物を売っている人たちも店をたたんでいる。ヤバイなあと不安になっていると、後ろから誰かが声をかけてきた、振り返ると、一台の車が止まっていた。

車の中から顔を出したのは警官だった。パトカーだったのだ。警官はスペイン語で何かいった。意味はわからなかったが、どうかしたのかと尋ねているように聞こえた。

これは都合《つごう》がいいと思い、僕は早口で事情を説明した。警官は僕の話を聞き終えると、後ろに乗れというように指示した。

「これでなんとかなりそうだな」僕とユキコは顔を見合わせて、安堵《あんど》の息をついた。

ところがそう簡単にことは運ばなかった。すぐに警察署に連れていってもらえるものと思ったのだが、警官は町の中をぐるぐると走り回っているのだ。そして時折り道の脇に寄せては、通行人に何か話しかけている。そんなことを小《こ》一時間も繰り返した。

「あの、どうかしたんですか？」後ろから尋ねてみたが返事はなかった。

やがて警官は一人の白人女性に声をかけた。サファリジャケットを着た、四十歳ぐらいの女性だった。彼女はしばらく警官と話した後、僕たちの横に乗りこんできた。そしてにっこりすると、「どうしたの？」と訊いた。自分たち以外の人間が英語を話すのを聞くのは、ずいぶん久しぶりのような気がした。

僕は事情を彼女に話した。すると彼女は、「それは大変」といった後、警官にスペイン語で何かいった。警官は何か答えると、パトカーを発進させた。

「これから警察署に向かうそうよ」と、その女性はいった。

「どうしてすぐに行ってくれなかったんですか。事情はさっき説明したのに」

すると彼女は苦笑した。

「彼は英語がわからないの。でもあなたたちのようすを見て、どうやら何か被害に遭ったようだということはわかったのね。それでとりあえず車に乗せて、英語のできる人間を探してたのよ」

「Ａｈ――」僕は全身の力が抜けそうになった。

「お金は全然ないの？」

「いえ、少しぐらいならここに」僕はウエストバッグを開け、カナダドルが少々入っている財布を取り出した。が、財布の口が開いていたらしく、コインが何枚か下に落ちた。僕は慌《あわ》てて拾った。白人の女性も手伝ってくれた。

「カナダから？」拾ったコインを見て彼女は訊いた。

「そうです」

「カナダには友達がいっぱいいるわ」そういって彼女はコインを僕の財布に入れた。

民家に毛が生《は》えたような警察署に着いたのは七時過ぎだった。襲われてから五時間ぐらい経っている。こりゃあもう犯人逮捕の見込みはないなと、半分あきらめ気分で事情聴取に応じた。担当したのは、マーケットでカカオの実か何かを売っていそうな若い男だった。制服を着ているので警官だとわかるだけだ。そしてここでも例の白人の女性が通訳してくれた。話しているうちにわかったことだが、彼女の職業は弁護士らしい。決して美人ではなかったが、僕には女神のように見えた。

三十分ほどかけて被害届を作成した後、警官がユキコのほうを指差して何かいった。正確にいうと、彼女が首から提げている双眼鏡を指していったのだった。

「犯人たちはそれに触ったかって訊いてるわ」と女性弁護士はいった。

「わかんないな」とユキコはいった。僕にもよくわからなかった。

「触ってたとしたらどうなんですか」と僕は彼女に訊いた。

「指紋が残ってるかもしれないから、預からせてもらえないかって」

「じゃあいちおう預けたほうがいいのかな。触ったかどうかはわからないけど」

すると彼女は少し複雑な顔つきで、「それはあなたの自由だけど、私はあまり勧めないわ」といった。

「なぜですか」

「だって、返ってくるかどうかわからないもの」

げげっと驚いて、僕は若い警官を見た。彼はユキコの双眼鏡を見つめている。女性弁護士に目を戻すと、当然よ、という顔を彼女はした。

「思い出しました」と僕はいった。「奴ら、双眼鏡には触らなかったんです」

それがいいというように頷き、彼女は警官に通訳してくれた。警官は何もいわなかった。

事情聴取が終わると、警官がパトカーで僕たちをホテルまで送ってくれることになった。女性弁護士とは警察署で別れたが、「困ったことがあれば」といって彼女は電話番号のメモを渡してくれた。

八時半ごろ、ホテルに到着した。今すぐベッドで横になりたいところだが、ルームキーも盗まれている。僕たちはフロントへ走った。全身泥だらけの僕たちの恰好を見て、すました顔をしていたフロントの人間たちも目を剝《む》いた。

ここは日系のホテルで、日本人従業員も数人いるのだった。そのなかの一人が僕たちの相談に乗ってくれた。

「珍しいなあ」というのが佐藤《さとう》さんというホテルマンの感想だった。「日本人客がそういう目に遭ったという話は、今までに聞いたことがないですよ」

「でも事実なんです」とユキコがムキになっていった。

「ええ、わかっております。嘘だなんていっちゃいません。ただ、珍しいなあと。まあ、普通の観光客が、単独であんな森の中に入っていくこと自体が異例ですけどね」

「コスタリカは治安がいいと聞いたんですけどね」と僕はいった。

「ここはいいところです」佐藤さんは、ギョロリと目を見開いていった。「こんなに安全なところは、中南米ではほかにはありません。もっともっと日本の方にも来ていただきたいと思っているんです。今度のようなことは、まったくのイレギュラー、例外です。これがコスタリカだと思われては困ります」

やけに力のこもった口調だった。僕たちが日本でいいふらすのを恐れているのかもしれない。

とりあえず今後の対応を教わり、ついでにホテルの部屋を替えてくれるよう頼んだ。まさか犯人たちが来るとは思えないが、鍵《かぎ》を盗まれているだけに気味が悪い。

部屋に入ると、裸になってまずベッドに横たわった。そのまま眠りこみたかったが、そんなことをしている場合ではなかった。ユキコにシャワーを浴びさせ、ナイトスタンドの電話に手を伸ばした。まずカード会社に電話し、盗難に遭った旨を説明した。盗まれたカードについては、すぐにキャンセルの手続きをするという返事だった。再発行については、後日もう一度電話してくれるという。さらにトラベラーズチェックの発行会社にも電話して、盗難を伝えた。

続いて、気が進まなかったが部下のグレースに電話した。

「ハロー」曇《くも》った、陰気《いんき》な声が聞こえた。

「僕だ」

「ああ、テッド」

僕からだとわかっても、彼女はほとんど口調を変えなかった。むしろ、より無愛想になったぐらいだ。

僕は、なるべく簡潔に事態を説明し、パスポートの写しが会社の引出しに入っているから、それを明日の朝一番にファックスでこちらへ送ってもらえないかといった。

「明日の朝、パスポートのコピーをそちらへファックス……。オーケー」強盗という言葉にも、まったく驚いている様子がなく、ごく事務的に彼女はいった。本当にわかっているんだろうかと不安になった。

これだけのことを終えて、とりあえず電話を置いた。その瞬間、疲れがどっと押し寄せてきた。ユキコがシャワー室から出てきて何かいった。ああ俺《おれ》も汗を流してさっぱりしたいと思いながらも、重たくなった瞼《まぶた》をどうすることもできなかった。

4

翌朝目を覚ますと、ユキコがテーブルの上に、僕のウエストバッグの中身をぶちまけていた。どうやら現時点の有り金を数えているらしい。

「いくらある？」と僕は訊いた。

「ええと、だいたい三百ドルぐらいかな」

「助かった。それだけあればなんとかなる。あとで銀行で交換してこよう」

「ねえ、これ何？」そういって彼女が見せたのは、小さくて丸い金属板だった。

「わからないな。どこにあった？」

「コインの中に交じってたみたいだけど」

「ふうん」どこかで見たことがあるようなのだが、思い出せなかった。「何かの部品みたいだけど、覚えがないな」

「そのうち思い出すわわ、きっと」ユキコはその金属板も財布に入れた。

ホテルのレストランで、いちばん安い朝食をとった後、ホテル内にあるツアーデスクへ行った。若い女性の担当者は事件のことを知っていた。

「知り合いに警察官がいて、その人が教えてくれたの」と彼女はいった。「大変だったわね。でも、本来ここはそんなに悪いところじゃないのよ」

「みんなそういうけれど、とても信じられる気分じゃないな」と僕はいった。彼女は、まあそうだろうけれど、という顔をしていた。

こちらに滞在中の予定をすべて変更する手続きをして、ツアーデスクを出た。オオハシもハチドリも、もう見る機会がなくなったわけだがしかたがない。とにかく無事に帰り着くのが先決だ。

ホテルを出る前にフロントへ行き、ファックスが届いているはずだがと訊いてみた。届いていない、というのがフロントマンの返事だった。僕は舌打ちをした。

「グレースの奴、やっぱり忘れてやがる」

「じゃあどうするの？」とユキコ。

「しかたないよ。とりあえず日本領事館へ行こう。パスポートの写しは、後で送るってことにしてさ。まったくもう、あのデブ女め、血の巡りが悪いうえにずぼらなんだから。相手の身になって考えるってことができない女なんだよな」ぶうぶう文句をいいながらホテルを出た。

銀行に寄って換金してから、タクシーで日本領事館に向かった。警察署と同じく領事館も、民家に毛が生えた程度の建物だった。

僕たちが行くと、すぐに担当者が会ってくれた。でっぷりと太り、丸い顔に下唇《したくちびる》の突き出た、なんとなくカナダカケスを思い起こさせる人物だった。こちらがまだ何も話していないのに、「ひどい目に遭いましたねえ」と同情の言葉をかけてきた。警察から連絡が入っているのだろうか。

「すぐにパスポートの発行手続きをしてさしあげましょう」と彼はいった。

「そのことなんですが、盗まれたパスポートのコピーが、まだ送られてこなくて……」口ごもりながらいうと、彼は目をぱちぱちさせてから、「これですか?」といって一枚の紙を出した。それは紛《まぎ》れもなく、僕とユキコのパスポートをコピーしたものだった。

「それをどこで?」僕は驚いて訊いた。

「今朝あなたの会社から直接送られてきたんです。一刻も早く手続きにとりかかれるようにということでね。それで事件のことを知ったのです。優秀な部下をお持ちで羨《うらや》ましい」

彼の言葉に、ユキコが吹き出しそうな顔で僕を見た。

「ええ、まったくそうです」と僕はいった。「よく気のつく女性でしてね。いつも助かっているんです。おまけにスマートで美人です」

「羨ましい」と彼は重ねていった。

事件について詳しいことを話してくれと彼がいうので、僕は最初から順番に説明した。聞き終えてから彼は唸《うな》り、「こんなことは初めてだな」といった。「単純な置引きぐらいならときどきありますが」

「犯人が捕《つか》まる可能性はゼロに等しいでしょうね」と僕は念のためにいった。

「何ともいえませんねえ。いや、それにしても」と彼は腕を組んだ。「犯人たちは、なぜそんなところに潜《ひそ》んでいたんでしょうかね」

「だから強盗をするためでしょ」

「でもあんな場所じゃ、いつ人が通りかかるかわかりませんよ。犯人たちはあてもなく、じっと獲物が現われるのを待っていたと思いますか」

「それもそうだな」僕はユキコと顔を見合わせた。

「仮に犯人たちが、そういう気長な作戦を実行していたとしてもですね」と彼は続けていった。「あなた方が二人きりだということは、彼らにはわからないわけでしょう？　あなた方にピストルを突きつけている最中に、あなた方の連れが現われるということだって、考えられないわけじゃない」

「するとあなたは、犯人たちはもっと前から僕たちのことを狙っていたとおっしゃるんですか」

「断言するつもりはありませんが、その可能性もあるんじゃないかと……。あなた方のことを、じっと見ていた男がいた、というようなことはありませんか」

「心当たりはありませんね」

「そうですか」担当者は太った身体に首をもぐりこませるようにして顔を傾けた。そんなふうにすると、ますますカナダカケスそっくりになった。

「ずっと前から狙われていたかもしれないなんて、なんだか気持ちが悪いね」領事館を出てからユキコがいった。僕も同感だった。

「そうだとして、なぜ僕たちが目をつけられたんだろう？」

「そりゃあ日本人だからじゃないの」

「金を持っていると思ったわけか」

「うん」

「やれやれ」日本人は金持ちばかりじゃないっていうことを、政府はもっと外国に宣伝してくれなきゃ困るなと思った。

パスポート用の写真を撮《と》るため、領事館で教えてもらった写真屋まで歩いていくことにした。その途中、領事館よりもはるかに大きな民家の前を通った。鉄柵《てっさく》の向こうには広い庭があって、サングラスをかけた二人の男が、手持ち無沙汰《ぶさた》そうにしていた。

「あれはガードマンみたいだな」と僕はいった。

「個人がガードマンを雇っているわけ？」

「そうらしい」

その家の窓には鉄格子も入っていた。そしてこの鉄格子でガードされた窓というのは、いくつかの民家で見られた。しかもどれも、最近取り付けられたと思えるほど新しい。

僕たちが襲われたことといい、もしかしたらこの平和な小国にも、治安を乱す黒い影が忍び寄りつつあるのかもしれなかった。

写真屋は、一見したところでは何を売っているのかわからないような店だった。中へ入ると古い型のカメラが数台並べてあったが、売り物なのかどうかよくわからない。

店にいたのは、布を適当に身体に巻き付けたという恰好をした中年のおばさんだった。たどたどしいながらも、英語を話してくれるので助かった。写真を撮ってくれたのも、このおばさんだ。カメラの扱いが思い切り乱暴で、はたしてきちんとした写真が撮れるんだろうかと不安になったが、任せるよりほかない。

ユキコが撮ってもらっている間に、店内に並べてあったカメラを手に取ってみた。せっかくコスタリカまで来て、鳥の写真が一枚も撮れないというのは、なんとも情けなかった。しかし今ここでカメラを買う余裕はない。

未練がましくカメラを見ているうちに、ふと一部分に目が留まった。あっと思い、財布を取り出した。

「どうしたの？」写真を撮り終えたユキコが訊いてきた。

「これだよ」といって今朝彼女が見つけた丸い金属板を出した。「これはカメラのボタン電池の蓋《ふた》だ」

「ああ」と彼女も思い出した顔になった。「じゃあニックから借りたカメラの？」

「らしいな。何かの拍子《ひょうし》に落ちたものを、コインと一緒に財布に入れてしまったんだろう」といいながらも僕は首を傾《かし》げていた。自分としては記憶がなかったからだ。

写真は明日できるということだった。スピード写真というわけにはいかないらしい。

この後レンタカー屋に寄り、盗難による損失が保険でカバーできることを確認した。

ここでも強盗について、「珍しいこと」といわれた。僕とユキコは、コスタリカ初の事件に巻き込まれたということだろうか。

夜、ホテルからカナダのニックに電話した。僕の声を聞いて彼は、「なかなかハッピーな旅行を楽しんでいるらしいじゃないか」といった。彼はこの手のジョークをよくいう。グレースから事情を聞いたらしい。「おかげさまでね」と僕はいった。

「そいつはよかった。アンも元気かい？」

「なんとかね」彼らはユキコのことをアンと呼ぶのだ。「ところで君に謝らなくちゃならない。カメラのことだ。あれも奪われてしまった」

「オー、やっぱりか。君に貸すんじゃなかった。あれは僕の曽祖父《ひいじい》さんが、アンクルトムと記念写真を撮ったという、じつに由緒《ゆいしょ》ある品なんだ。買おうったって、買えるものじゃない。値段のつけようもない。だから弁償してもらおうにも、いくら出してもらっていいのかもわからない。つまり弁償してもらうこともできない。残念だけどあきらめよう」機関銃のような早口で彼はいった。僕は苦笑した。

「そういうわけにはいかないよ。なんとか代わりのカメラを探す」

「気にしなくていいさ。君には隠していたが、あれはかなりのポンコツだ。シャッターが下りたり下りなかったりするし、ボタン電池の蓋はすぐに外れるし」

「やっぱりそうなのか。じつは蓋だけは残っているんだ。これだけでも返そうか」

「ぜひそうしてくれ。黙っていたが、あのカメラのいちばん値打ちのある部分はボタン電池の蓋なんだ」

「金庫に入れておくよ」げらげら笑いながら電話を切った。

5

翌日はとくにすることもないので、近間の観光地にでも行こうということになり、ツアーデスクへ出向いた。例の若い女性が、相変わらず同情の色を目に浮かべて僕たちを見た。

金がないので、安いバスツアーか何かないかと訊くと、カララ保護区へマイクロバスで運んでくれるツアーがあるという。旅行の気分が味わえるなら何でもいいやと思い、それに参加することにした。

「ところで昨日、これを見つけたんだけど」そういってツアーデスクの女性が見せてくれたのは、チコタイムスという地元の新聞だった。そこには、三週間前にイギリス人のバードウォッチャーが襲われた事件のことが、その被害者の手記という形で掲載されていた。僕たちが襲われたのとは違う場所だが、犯人が二人で猿のマスクをかぶっていたという点は共通していた。

「僕たちが出くわしたのと、たぶん同じ犯人だな」と僕はユキコにいった。「一回うまくいったんで、味をしめて同じ手を使ったんだ」

「じゃあ、また同じことをするかもしれないわけね」

「そういうことだ」

この新聞を貰《もら》っていいかとツアーデスクの女性に訊いた。どうぞ、という返事だった。

昼過ぎに、ホテル前からマイクロバスに乗り、カララ保護区へ向かった。同行した旅行者たちは、皆カメラを持っていた。僕たちには、双眼鏡が一つあるだけだ。

「カメラがないときにかぎって、珍しい鳥がひょっこり見つかったりするのよね」バスに揺られながら、ユキコが嫌なことをいった。

僕のすぐ隣りでは体格のいい白人男性が、不器用な手つきでカメラにフィルムを入れていた。あまり慣れていないように見えた。

「犯人たちはカメラの中のフィルムをどうしただろうな」と僕はいった。

「そりゃあ捨てたんじゃないの」

「だろうな。ちぇっ、フィルムだけでも返してくれるよういえばよかった」

「どうして？　どうせまだ何も撮ってなかったんでしょ」

「いや、奴らが現われる少し前に、二、三枚撮ったんだ。ちょっとばかり珍しい鳥がいたからさ」

「ふうん、しかたないね」

そういってユキコはぼんやりと窓の外を眺《なが》めていたが、ふと思いついたようにこちらを向いた。「ねえ、その写真を撮るときって、ボタン電池は必要ないの？」

「電池？　いや、必要だよ。露出とシャッター速度を調節するのに使うんだ」

「でもそのとき、電池の蓋は外れてたんでしょ？　それでも大丈夫なの？」

「えっ……？」僕は口を半開きにしたまま固まった。

ユキコのいうとおりだった。蓋が取れたら電池も落ちてしまう。その状態で写真を撮ろうとしたら、すぐに異常に気づくはずだ。気づかなかったということは、電池にも蓋にも問題はなかったということになる。ではなぜカメラを盗まれた後で、電池の蓋が僕の財布から見つかったのか。

「あーっ」僕とユキコは同時に声を上げた。僕は立ち上がり、「ストップ」と運転手に向かって叫んだ。

6

事件から四日が経った。僕とユキコは両手に荷物を抱えて空港へ入っていった。受付カウンターで手続きをすませた後、コーヒーでも飲もうときょろきょろしていると、後ろから声をかけられた。振り返ると、女性弁護士のキャシーが近づいてくるところだった。

「よかったわ、間に合って」僕たちを見て、彼女はにっこりした。

「僕たちを見送りに？　感激だな」

「コスタリカはひどいところだと思われたくないもの」

「ひどいところだとは思わないけど」僕は顔をしかめた。「今回はちょっとばかりツキがなかったかな」

「あなたたちのツキが上向いたときに、もう一度来てもらいたいわね」そういって彼女は片目をつむった。

コーヒースタンドがあったので、紙コップ入りのコーヒーを並んで飲んだ。

「お金の問題は全部片付いたの？」と彼女が訊いてきた。

「ええ、クレジットカードについては、一カ月だけ使用できる臨時カードを発行してもらったんです。トラベラーズチェックは現金化された後だったけど、サインが違っていることが確認されたので、全額返還してもらえました」

「あとは品物ね」

「僕のカメラ器具に関しては、保険に入っているので、なんとかなると思います。問題は友達から借りたカメラです。あれだけは弁償しないとね」

「ニックのカメラね」彼女はにやりとした。「でもあのカメラのおかげで、手がかりが摑《つか》めたわけだし」

「だからよけい、彼には感謝しなくちゃいけないんです」と僕はいった。

なぜ電池の蓋が財布に入っていたか――それを考えたとき、思い出したのは、パトカーの中でコインを落としたことだ。あのときにコインと一緒に拾ったのではないか。

だがそうすると、僕たちが乗る前に、あの蓋はパトカーの中に落ちていたことになる。

ではあの蓋はニックのカメラのものではなく、たまたまもう一人ボタン電池の蓋が壊れたカメラを持っている人間がいて、その人物が落としていったということだろうか。しかしそんな偶然があるとはとても思えなかった。カメラのボタン電池の蓋なんて、そうそうどこにでも落ちているというものでもない。

そこで僕はさらに思い出したのだ。僕たちがあのパトカーに乗ったのは偶然ではなかったことを。タクシーを探していたら、警官のほうから声をかけてきたのだ。

僕は弁護士のキャシーに電話し、事情を話した。僕のいわんとすることを悟った彼女は、すぐに警察に連絡した。

それからの経過については詳しくは知らないのだが、どうやら例のパトカーの中が調べられたらしい。そしてカメラ用のボタン電池が一つ見つかった。そこで運転していた警官を追及したところ、案外簡単に白状したということだった。

この警官の話によると、犯人の二人とは酒場で知り合ったそうだ。ちょっとした賭け事が原因で、警官は二人に借金ができてしまった。返せないで困っていると二人は、自分たちの仕事を手伝ってもらいたいと提案した。手伝う内容は簡単で、小人数《こにんずう》の旅行者がいたら、その行動を教えてもらいたいというものだった。

このときには二人が強盗をするつもりだとは知らなかったと本人はいっているが、本当かどうかはまだわからない。

　あの日警官は、かねてより親しくしていたツアーデスクの女性社員と話しているうちに、カナダから来た日本人カップルが、ブラリオ・ガリオ国立公園に行くことを聞いた。そこで彼は例の二人にこのことを話した。二人はその日本人、つまり僕たちを襲い、金品を奪った。

　この後二人は警官のところへやってきて、奪ったものを見せた。おそらくそのときに、カメラの部品がパトカーの中に落ちたのだろう。また警官の主張によれば、このときはじめて二人の目的が強盗であることを知ったのだが、情報を提供した以上は自分も共犯者になると思い、本当のことがいえずにいたということだった。しかし日本人のカップルには申しわけないと思い、それでパトカーで探し回って、声をかけたといっているらしい。

「警官のいっていることは本当だと思いますか」コーヒーを一口飲んでから僕はキャシーに訊いた。

「たぶん嘘ね」と彼女は答えた。「分け前をもらう約束で、あなたたちのことを話したんだと思う。三週間前の事件のことだってあるしね。それから、あなたたちをパトカーに乗せた目的は二つあると思う。一つは、あなたたちがどれだけ犯人についてのデータを持っているかを確認すること、もう一つは時間稼ぎ。あなたたちを乗せて、街の中をぐるぐると走り回ったんでしょ」

「そうだった」

「でも結局そのことが、彼にとっては命取りになったわ。あなたが奪われたはずのカメラの部品を拾っちゃったわけだから」

「それからもう一つ、僕たちがあなたに会ったことも、彼にとっては不運でした」

僕がいうと彼女は白い歯を見せて、「そういってもらえるとうれしいわ」といった。

主犯の二人については、奪われたレンタカーが空港の駐車場に捨ててあったという以外、足取りが摑めていないらしい。この二人を追うほどの積極性は警察にはないだろうというのが、彼女の見立てだった。そうかもしれないなと僕も思った。

時間が来たので、僕たちは立ち上がった。

「ぜひもう一度来てね」と彼女はいった。

「ツキがありそうだったら」と僕は答えた。答えながら、二度と来るもんかと心の中で呟いていた。

来たときと同様、五時間半かけて、僕たちはカナダへ帰った。トロントに着いたときには、さすがにくたびれはてていた。

タクシーに乗り、自宅に向かった。見慣れた町並みが目に入ってくる。何度も旅行をしたけれど、これほどこの街が懐かしく感じられたことは一度もなかった。

プリンセス・アベニューで僕たちは車から降りた。芝生の庭、レンガの家並み、間違いなくわが家だ。

ドアに近づいていくと何か貼り紙がしてあるのが見えた。白い紙にマジックで次のように書いてあった。

“Welcome home Ted & Ann”

その乱暴な文字は、口うるさいタニヤばあさんのものにちがいなかった。グレースが連絡したのかもしれない。これを見た途端僕はなんだか全身の力が抜け、その場にしゃがみこんでしまった。そしてユキコは、わーんと泣きだした。

一九九四年二月　単行本（光文社）
一九九八年六月　光文社文庫

光文社文庫

怪《あや》しい人《ひと》びと　新装版

著者　東《ひがし》野《の》圭《けい》吾《ご》

1998年6月20日　初　版1刷発行
2023年6月10日　新装版7刷発行(通算56刷)

発行者　三宅貴久
印刷　萩原印刷
製本　ナショナル製本

発行所　株式会社　光文社
〒112-8011　東京都文京区音羽1-16-6
電話　(03)5395-8149　編集部
8116　書籍販売部
8125　業務部

ISBN978-4-334-77996-2　Printed in Japan

組版　萩原印刷